A FAINT COLD FEAR THRILLS THROUGH MY VEINS · WILLIAM SHAKESPEARE

ZU DIESEM BUCH

Das junge Mädchen kommt im Krankenhaus wieder zu sich und kann sich an nichts mehr erinnern. Sie weiß nicht, wie sie dorthin gekommen ist. Sie weiß nicht, was geschehen ist. Sie weiß nicht, wer sie ist.

Langsam, ganz langsam kommt die Erinnerung. Menschen, mit denen sie zusammen gelebt hat und die sie nun nicht mehr erkennt, helfen ihr behutsam. Da sind zwei Namen: Michèle und Domenica. Zwei Mädchen; schön, reich und strahlend die eine, arm und unscheinbar die andere. Dann kam das schreckliche Feuer, in dem die eine umgekommen ist und die andere völlig entstellt wurde. Und da ist eine Frage: Wer ist sie, die im Krankenhaus erwacht? Ist sie Michèle? Oder Domenica?

Wer sie auch sein mag: Hat sie die andere umgebracht?

SÉBASTIEN JAPRISOT *hat für diesen seinen zweiten Kriminalroman, der später von André Cayatte verfilmt wurde, Anfang der sechziger Jahre den Grand Prix de la Littérature Policière erhalten. – Außer dieser Neuauflage sind in der Reihe der rororo thriller* Weekend im Trèsor *(Nr. 2196), der ebenso verfilmt wurde wie* Lauf, wenn du nicht schießen kannst *(Nr. 2325) erhältlich.*

Sébastien Japrisot

Falle für Aschenbrödel

Kriminalroman

Deutsch von
Ilse Bulcke

rororo

Rowohlt

rororo thriller · Herausgegeben von Richard K. Flesch

1.–18. Tausend	Januar 1965
19.–21. Tausend	Oktober 1968
22.–36. Tausend	April 1977

Veröffentlicht im Rowohlt Taschenbuch Verlag GmbH,
Reinbek bei Hamburg, Januar 1965
Die Originalausgabe erschien bei Éditions Denoël, Paris, 1962
unter dem Titel «Piège pour Cendrillon»
Umschlagentwurf: Manfred Waller (Foto: Ica Vilander)

Gesamtherstellung Clausen & Bosse, Leck/Schleswig
Printed in Germany
380-ISBN 3 499 42413 4

Die Hauptpersonen

TANTE MIDOLA	hießt eigentlich Sandra Raffermi und stirbt eines natürlichen Todes, obwohl dies ein Kriminalroman ist.
MICKY DO	heißen eigentlich Michèle Isola und Domenica Loï, und eine von ihnen stirbt keines natürlichen Todes – aber welche?
JEANNE MURNEAU	heißt tatsächlich so und sieht Zusammenhänge zwischen diesen Todesfällen und den eigenen Zukunftsplänen.

1. Kapitel

Es waren einmal vor langer Zeit drei kleine Mädchen, die hießen Mi, Do und La. Sie hatten eine Patin, die niemals schalt, wenn sie ungezogen waren, die hieß Patin Midola.

Einmal küßte die Patin Mi im Hof. Do und La küßte sie nicht.

Ein andermal spielten sie Hochzeitmachen. Die Patin wählte Mi; Do oder La nahm sie niemals.

Eines Tages waren sie traurig: Die Patin mußte fort. Sie weinte mit Mi; zu Do und La aber sagte sie nichts.

Von den drei kleinen Mädchen war Mi am schönsten, Do am klügsten und die kleine La am frühesten tot.

Las Begräbnis war ein großes Ereignis im Leben von Mi und Do. Es brannten viele Kerzen, und auf einem Tisch lagen viele Hüte. Las Sarg war weiß gestrichen; weich war die Erde des Friedhofs. Der Totengräber trug eine Jacke mit goldenen Knöpfen. Patin Midola war zurückgekommen. Als Mi ihr einen Kuß gab, sagte sie «mein Lieb» zu ihr, und zu Do: «Mach mein Kleid nicht schmutzig.»

Jahre vergingen. Man sprach nur noch flüsternd von der Patin Midola, die weit fort wohnte und Briefe mit orthographischen Fehlern schrieb. Mal war sie arm, dann machte sie Schuhe für reiche Damen. Dann wieder war sie reich und machte Schuhe für arme Frauen. Es hieß, sie habe viel Geld und schöne Häuser. Dann kam sie in einem großen Auto an, weil der Großvater gestorben war. Sie ließ Mi ihren schönen Hut probieren und sah Do an, ohne sie wiederzuerkennen. Weich war die Erde des Friedhofs, und der Totengräber, der das Grab des Großvaters zuschaufelte, trug eine Jacke mit goldenen Knöpfen.

Später wurde Do zu Domenica, Mi zu einer entfernt lebenden Michèle, die man nur gelegentlich während der Ferien sah. Mi ließ Kusine Do ihre schönen Kleider aus Organdy anziehen; Mi entzückte alle Welt, wenn sie nur den Mund auftat; Mi empfing Briefe von der Patin, die mit «mein Lieb» begannen. Eines Tages weinte Mi am Grab ihrer Mama. Weich war die Erde des Friedhofs, die Patin legte den Arm schützend um die Schultern ihrer Mi, die jetzt Michèle hieß und Micky genannt wurde, und flüsterte etwas Zärtliches, was Do nicht verstehen konnte.

Nach dem Tode ihrer Mama ging Mi in Schwarz und sagte zu Do: «Du mußt mich liebhaben, du mußt mich unbedingt liebhaben!» Wenn sie spazieren gingen, wollte Mi die Hand Dos nicht loslassen. Und Mi sagte zu ihrer Kusine Do: «Küß mich, Do; drück mich an dich – ich sag's auch niemand ... Ich werde dich heiraten.»

Zwei oder drei Jahre später küßte Mi ihren Vater. Das war auf dem Rollfeld des Flughafens vor dem Riesenvogel, der sie zur Patin Midola bringen sollte – nach Italien, ins Land der Hochzeitsreisen, in eine Stadt, die Do mit dem Finger auf der Landkarte suchte.

Und von da an sah man Mi nur noch als Foto in Magazinen mit glänzenden Einbänden, wie sie im Ballkleid mit langem schwarzem Haar in einen weiten Saal in Gold und Marmor trat; oder sie lag mit langen Beinen im weißen Badeanzug hingegossen auf dem Deck einer weißen Segeljacht; dann wieder lenkte sie ein kleines Kabriolett, in dem sich eine Traube lebhafter junger Leute aneinanderklammerte. Manchmal zeigte sie ein hübsches, ernstes Gesicht mit leichten Stirnfalten über den schönen hellen Augen, die von Sonne und Schnee geblendet waren; manchmal lächelte sie in Großaufnahme in die Kamera, und die Leute in Italien raunten einander zu, daß sie einst eines der größten Vermögen des Landes besitzen werde.

Und dann wird eines Tages die Patin Midola sterben, wie Feen zu sterben pflegen, in ihrem Palast in Florenz, Rom oder an der Adria ...

Dieses Märchen hat sich Do ausgedacht. Sie weiß wohl, daß es nicht wahr ist; sie ist kein kleines Mädchen mehr.

Dieses Märchen ist gerade wahr genug, um das Einschlafen zu verzögern. Die Patin Midola ist nämlich durchaus keine Fee, sondern eine reiche alte Dame, die orthographische Fehler macht und die Do nur bei Beerdigungen gesehen hat. Sie ist sowenig ihre Patin wie Mi ihre Kusine ist; solche Dinge erzählt man Kindern wie Do und La, den Kindern der Dienstboten, weil es freundlich ist und niemandem weh tut.

Do ist zwanzig, wie die kleine Prinzessin mit dem langen Haar auf den Magazinfotos. Sie bekommt jedes Jahr zu Weihnachten ein Paar Tanzschuhe, hergestellt in Florenz. Das ist vielleicht der Grund, warum sie sich selbst für ein Aschenbrödel hält.

2. Kapitel

Plötzlich fällt ein greller Lichtstrahl auf meine Augen. Jemand beugt sich über mich, eine Stimme schwebt über meinem Kopf. Ich höre Schreie, die in langen Gängen widerhallen und weiß, daß es meine eigenen Schreie sind. Ich atme etwas Dunkles durch den Mund. Das Dunkel ist erfüllt von unbekannten Gesichtern und undeutlichem Gemurmel. Ich sterbe noch einmal und bin glücklich.

Später, nach einem Tag, einer Woche oder nach Jahren, ist das Licht wieder da, aber nun ist es in mir; meine Hände, mein Mund und meine Augen brennen davon. Ich werde durch leere Korridore gerollt; ich schreie, und dann kommt wieder das Dunkle.

Manchmal konzentriert sich der Schmerz in einem einzigen Punkt meines Hinterkopfes. Wenn man mich hochhebt, um mich woanders hinzubringen, erfüllt er meine Adern wie eine gewaltige Flamme, die mein Blut austrocknet. Wenn das Dunkle da ist, sehe ich oft Feuer oder Wasser, aber ich leide nicht mehr. Ich fürchte mich vor dem großen Feuer. Das Wasser ist kühl und läßt mich sanft schlafen. Ich wünsche mir, daß die Gesichter auslöschen und das Gemurmel erstirbt. Wenn ich das Dunkle durch den Mund einatme, möchte ich immer noch mehr davon haben. Ich möchte das völlige Schweigen. Ich möchte in tiefes, eiskaltes Wasser gleiten und nie wieder auftauchen.

Plötzlich bin ich wieder da; mein ganzer Körper wird auf den eben noch fernen Schmerz zu gerissen. Augen unter weißem Licht halten mich fest. Ich wehre mich, schreie und höre meine Schreie von weit her. Die Stimme über meinem Kopf sagt heftig etwas, das ich nicht verstehe.

Dunkelheit, Gesichter, Gemurmel. Es geht mir gut. Mein kleines Mädchen, wenn du es wiedertust, schlage ich dich mit den Fingern von Papa, die von vielen Zigaretten gelb sind. Zünde Papas Zigarette an, mein Küken ... Das Feuer! Lösch das Streichholz! Das Feuer ...

Helligkeit. Meine Hände, mein Mund und die Augen schmerzen. *Bewegen Sie sich nicht. Rühren Sie sich nicht, meine Kleine. Ich tue Ihnen nichts ... Sauerstoff! – Ruhig. So ist's gut.*

Dunkelheit. Das Gesicht einer Frau. Zweimal zwei ist vier, dreimal zwei ist sechs; ein Klaps auf die Finger. In Reihen angetreten! Mach den Mund auf, wenn du singst! Alle Gesichter gehen in Zweierreihe hinaus. *Wo ist die Schwester?* Ich will den Schullärm nicht. Bei gutem Wetter gehen wir baden. *Spricht sie? Vorhin hat sie phantasiert. Seit der Hautübertragung klagt sie über ihre Hände, aber nicht über ihr Gesicht.* Das Meer. Wenn du zu weit hineingehst, wirst du ertrinken. *Sie beklagt sich über ihre Mutter und über eine Lehrerin, die sie auf die Finger schlägt.* Die Wellen sind über meinem Kopf zusammengeschlagen. Wasser ... Meine Haare sind im Wasser. Ich tauche unter und wieder auf. Licht!

An einem Septembermorgen tauchte ich aus der Bewußtlosigkeit auf. Ich lag lang ausgestreckt auf dem Rücken, zwischen sauberen Laken; mein Körper und meine Hände waren matt und elend. Durch ein Fenster in der Nähe meines Bettes schien helles Sonnenlicht ins Zimmer.

Ein Mann kam und sprach mit leiser Stimme zu mir. Er sprach nur kurz, bat mich, vernünftig zu sein und keinen Versuch zu machen, Kopf oder Hände zu bewegen. Er sprach in abgehackten Silben. Er war ruhig und tröstlich. Sein langes, starkknochiges Gesicht mit den großen dunklen Augen gefiel mir, nur den weißen Kittel mochte ich nicht. Er bemerkte es am Senken meiner Augenlider.

Beim nächsten Besuch trug er eine graue Leinenjacke. Er sprach wieder zu mir. Ich sollte die Augen schließen, wenn ich mit ja antworten wolle. Ob ich Schmerzen hätte? Ja. An den Händen? Ja. Im Gesicht? Ja ... Ich verstand alles, was er sagte. Dann fragte er, ob ich wisse, was geschehen sei. Er sah, daß ich die Augen verzweifelt offenhielt.

Er ging, und die Schwester kam, um mir eine Spritze zum Einschlafen zu geben. Sie war eine mächtige Person mit großen Händen und nacktem Gesicht. Bei ihrem Anblick begriff ich, daß mein Gesicht nicht nackt, sondern daß mein ganzer Kopf umwickelt war. Ich versuchte, den Verband und die Salbe auf der Haut zu fühlen. Stück für Stück folgte ich in Gedanken der Binde, die meinen Hals umspannte, die Nacken, Scheitel und Stirn bedeckte. Nur die Augen waren frei; die Binde verbarg das ganze Gesicht und schien mir endlos zu sein. Darüber schlief ich ein.

In den folgenden Tagen war ich ein Etwas, das gebettet, gepflegt und durch lange Gänge gerollt wurde; ein Etwas, das durch einmaliges Augenschließen *Ja* durch zweimaliges *Nein* ausdrückte, das nicht schreien wollte und dann doch laut jammerte, wenn die Verbände erneuert wurden. Ich konnte weder sprechen noch mich bewegen; nur meine Augen versuchten, auf die mich bedrängenden Fragen eine Antwort zu erhalten. Ich war ein Wesen, dessen Körper mit Salben gepflegt wurde und dessen Geist von Spritzen lebte, ein Gegenstand ohne Hände, ohne Gesicht: ein Niemand.

«Die Verbände werden in zwei Wochen abgenommen», sagte der Arzt mit dem starkknochigen Gesicht. «Es tut mir fast ein wenig leid: ich mochte Sie gern als Mumie.»

Er hatte mir seinen Namen gesagt: Doulin. Er war froh, wenn ich ihn nach fünf Minuten noch wußte und beglückt, wenn es mir gelang, ihn klar auszusprechen. Anfangs hatte er, wenn er sich über mich beugte, nur ‹Mademoiselle›, ‹meine Kleine› oder ‹ruhig!› zu mir gesagt. Ich wiederholte: Madeleine, Beruhigung oder Kleinigkeit und wußte genau, daß diese Worte falsch waren, die meine seltsam steifen Lippen gegen meinen Willen formten. Er nannte das eine Gedankenverschiebung und fand es nicht weiter beunruhigend; es würde auch bald wieder vergehen. Schwieriger sei, was danach käme.

Tatsächlich brauchte ich nur ungefähr zehn Tage, um die Verben und Adjektive wiederzuerkennen. Die Substantive kosteten mich ein paar weitere Tage. Eigennamen begriff ich überhaupt nicht. Zwar konnte ich sie genauso korrekt wiederholen, wie alles andere, aber sie riefen keine Erinnerungen in mir wach; ich sprach nur Dr. Doulins Worte nach. Ausgenommen davon waren Worte wie Paris, Frankreich, China, Place Massena oder Napoleon; sie ruhten in einer Vergangenheit, die mir unbekannt war. Ich lernte sie eben neu. Es war vergeblich, mir die Bedeutung von essen, gehen, Autobus, Schädel, Klinik zu erklären, oder von irgend etwas, das weder eine Person noch ein Ort oder ein ganz bestimmtes Ereignis war. Dr. Doulin sagte, das sei ganz normal und ich solle mich nicht grämen.

«Wissen Sie meinen Namen noch?»

«Ich erinnere mich an alles, was Sie gesagt haben. Wann darf ich mich sehen?»

Er stand auf. Meine Augen schmerzten, als sie seine Bewegungen verfolgten. Er kam mit einem Spiegel zurück. Ich betrachtete mich, das heißt, zwei Augen und einen Mund. Ein langer, harter Helm aus Gaze und weißen Binden umschloß das Ganze.

«Es wird mindestens eine Stunde dauern, das alles zu entfernen. Was darunter ist, dürfte ganz hübsch sein.»

Er hielt mir den Spiegel vor. Ein großes, dickes Kissen stützte mich, ich saß beinahe. Meine Arme waren ausgestreckt und am Bett festgebunden.

«Werden meine Hände losgemacht?»

«Ja, bald. Sie müssen aber vernünftig sein und sich nicht zu viel bewegen. Dann werden sie nur noch zum Schlafen festgebunden.»

«Ich sehe meine Augen. Sie sind blau.»

«Ja, sie sind blau . . . Jetzt müssen Sie aber brav sein: Nicht bewegen, nicht grübeln. Nur schlafen. Ich werde am Nachmittag wiederkommen.»

Der Spiegel verschwand und mit ihm auch dieser Gegenstand mit den blauen Augen und einem Mund. Das lange, starkknochige Gesicht war wieder neben mir.

«Schlaf gut, kleine Mumie.»

Ich fühlte mich in die Schlafstellung zurückgleiten. Gern hätte ich einmal die Hände des Arztes gesehen. Gesichter, Hände und Augen waren damals das Wichtigste für mich. Aber er verschwand, und ich schlief völlig ermattet ein – ohne Spritze. Dabei wiederholte ich einen Namen, der mir so unbekannt war wie alle anderen: meinen Namen.

«Michèle Isola. Aber ich werde Mi oder Micky genannt. Ich bin zwanzig Jahre alt. Im November werde ich einundzwanzig. Ich bin in Nizza geboren und mein Vater wohnt noch immer dort.»

«Langsam, kleine Mumie. Sie verschlucken die Hälfte der Wörter, und Sie ermüden sich.»

«Ich erinnere mich an alles, was Sie gesagt haben. Ich habe einige Jahre in Italien bei meiner Tante gelebt; sie ist im Juni gestorben. Bei einer Feuersbrunst vor drei Monaten habe ich mir Verbrennungen zugezogen.»

«Ich habe Ihnen noch mehr gesagt.»

«Ich besaß ein Auto. Marke MG. Es war weiß und hatte das Kennzeichen TTX 66.43.13.»

«Sehr gut, kleine Mumie.»

Ich wollte ihn zurückhalten, aber da durchfuhr ein heftiger Schmerz meinen Arm bis hinauf zum Nacken. Dr. Doulin blieb nie länger als einige Minuten. Danach gab er mir zu trinken und ein Schlafmittel.

«Mein Wagen war weiß. Ein MG. Kennzeichen TTX 66.43.13.»

«Das Haus?»

«Es liegt auf einer Landzunge, am Cap Cadet. Zwischen La Ciotat und Bandol. Das Haus hatte ein Obergeschoß. Drei Zimmer und die Küche unten, drei Zimmer und zwei Bäder oben.»

«Nicht so schnell! Ihr Zimmer?»

«Man blickte von dort aufs Meer hinaus und auf einen kleinen Ort; er heißt Les Lecques. Die Wände waren blau und weiß gestrichen ... Aber das ist doch albern! Ich behalte wirklich alles, was Sie sagen.»

«Das ist wichtig, kleine Mumie.»

«Wichtig ist, daß ich es nur wiederhole. Es sind leere Wörter; ich kann mir nichts dabei vorstellen.»

«Könnten Sie es in Italienisch wiederholen?»

«Nein. Ich weiß nur noch ein paar Brocken; Camera, casa, machina, bianca ... Das habe ich Ihnen doch schon gesagt.»

«Genug für heute. Wenn es Ihnen besser geht, werde ich Ihnen einige Fotos zeigen. Ich habe drei große Kästen voll. Ich kenne Sie viel besser, als Sie sich selbst kennen, kleine Mumie.»

Drei Tage nach dem Brand hatte mich ein gewisser Dr. Chaveres in einem Krankenhaus in Nizza operiert. Dr. Doulin berichtete, sein Eingriff nach zwei Gehirnblutungen am selben Tag sei unter außerordentlich schwierigen Umständen vor sich gegangen und sehr interessant gewesen. Aber er wünsche es keinem Chirurgen, so etwas wiederholen zu müssen.

Einen Monat nach der ersten Operation kam ich nach Boulogne, in die Klinik von Dr. Dinne. Beim Transport im Flugzeug hatte ich eine dritte Gehirnblutung, weil der Pilot eine Viertelstunde vor der Landung in größere Höhe gehen mußte.

«Als Ihre Wunde keine Sorgen mehr bereitete, hat Dr. Dinne sich Ihrer angenommen. Er hat Ihnen eine hübsche Nase gemacht. Ich habe den Gipsabdruck gesehen und kann Ihnen versichern, daß sie wirklich sehr hübsch ist.»

«Und Sie?»

«Ich bin der Schwager von Dr. Chaveres und arbeite am St. Anna-Krankenhaus. Seit Sie in Paris sind, bin ich bei Ihnen geblieben.»

«Was hat man mit mir gemacht?»

«Hier? Sie haben eine hübsche Nase bekommen, kleine Mumie.»

«Und vorher?»

«Das ist jetzt, da Sie hier sind, nicht mehr wichtig. Sie haben das Glück, zwanzig Jahre alt zu sein.»

«Warum darf ich keinen Besuch haben? Ich bin sicher, wenn ich meinen Vater sähe oder irgend jemand, den ich gekannt habe, dann würde mir mit einem Schlag alles wieder einfallen.»

«Soll das ein Wortspiel sein? ‹Mit einem Schlag›! Sie haben einen Schlag auf den Kopf bekommen, der uns genug Sorgen bereitet hat! Je weniger Schläge Sie in nächster Zeit bekommen, desto besser.»

Er lächelte. Seine Hand näherte sich vorsichtig meiner Schulter und berührte sie sehr zart.

«Quälen Sie sich nicht, kleine Mumie; es wird wieder alles gut werden. Ihre Erinnerungen werden ganz sanft wiederkommen, eine nach der anderen, ohne Ihnen weh zu tun. Es gibt fast genau so viele Arten von Gedächtnisschwund, wie es Menschen gibt, die daran leiden. Aber Ihre ist ganz besonders reizend. Eine partielle Gedächtnisschwäche, ohne Verlust der Sprache, sogar ohne Stottern, dabei so weitreichend, so vollständig, daß die Erinnerungslücke jetzt wirklich nicht mehr wachsen kann. Sie wird immer kleiner werden. Bald ist sie nur noch ganz, ganz winzig.»

Um mir zu zeigen, wie klein sie sein würde, hielt er Daumen und Zeigefinger aneinander. Er lächelte und erhob sich mit wohlberechneter Langsamkeit, um meinen Augen eine schnelle, schmerzhafte Bewegung zu ersparen.

«Seien Sie vernünftig, kleine Mumie.»

Es kam der Augenblick, da ich so vernünftig war, daß man mich nicht mehr damit quälte, dreimal am Tag mit meiner Fleischbrühe eine Pille einzunehmen. Das war Ende September, fast drei Monate nach dem Unglück. Ich konnte mich schlafend stellen und meine Gedanken schweifen lassen. Aber mein Gedächtnis war wie in einem Käfig eingeschlossen.

Ich sah sonnige Straßen, Palmen vor dem Meer, eine Schule, ein Klassenzimmer, eine Lehrerin mit zurückgekämmtem Haar, einen Badeanzug aus roter Wolle, Lampions, die die Nacht erhellten, eine Militärkapelle, einen amerikanischen Soldaten, der jemand Schokolade reichte ... Und da brach die Erinnerung ab.

Später kam das häßliche weiße Licht. Die Hände der Schwester. Das Gesicht von Dr. Doulin.

Manchmal kamen auch die dicken Fleischerhände. Sie waren sehr sauber, beunruhigend sauber, mit schweren und zugleich geschickten Fingern. Dazu gehörte das schwammige Gesicht eines Mannes mit kurzgeschorenem Haar. Es waren die Hände und das Gesicht von Dr. Chaveres, die ich zwischen zwei Ohnmachten wahrnahm. Diese Erinnerung mußte wohl bis in den Monat Juli zurückreichen, als man mich in diese weiße, gleichgültige und unbegreifliche Welt gebracht hatte.

Den schmerzenden Kopf gegen das Kissen gelehnt, stellte ich mit geschlossenen Augen Berechnungen an. Ich sah diese Rechnungen vor mir wie auf einer schwarzen Tafel. Ich war zwanzig Jahre alt. Dr. Doulin sagte, daß in den Jahren 1944 und 1945 die amerikanischen Soldaten den Kindern Schokolade schenkten. Meine Erinnerungen reichten nur bis zu meinem fünften oder sechsten Lebensjahr. Fünfzehn Jahre fehlten mir.

Ich sann verschiedenen Namen nach, weil das Worte waren, die nichts heraufbeschworen, die keine Beziehung zu diesem mir aufgezwungenen neuen Leben hatten. Georges Isola, mein Vater. Florenz, Rom, Neapel. Les Lecques. Cap Cadet. Es war vergebens, ich lernte erst viel später durch Dr. Doulin begreifen, daß ich gegen eine Mauer rannte.

«Ich habe Ihnen gesagt, daß Sie Geduld haben müssen, kleine Mumie. Wenn der Name Ihres Vaters keine Vorstellung in Ihnen erweckt, bedeutet das, daß Sie ihn und alles übrige vergessen haben. Sein Name sagt Ihnen nichts.»

«Aber wenn ich das Wort ‹Fluß› oder ‹Fuchs› sage, weiß ich doch genau, worum es sich handelt. Warum? Habe ich vielleicht nach dem Unfall einen Fluß oder einen Fuchs gesehen?»

«Hören Sie zu, Kindchen. Wenn Sie wieder aufstehen können, werden wir uns ausführlich darüber unterhalten. Das verspreche ich Ihnen. Jetzt wünsche ich nur, daß Sie sich ganz ruhig verhalten. Sagen Sie sich immer wieder, daß Sie sich in einem ganz bestimmten und vorgezeichneten Entwicklungsprozeß befinden; man könnte fast sagen, in einem normalen Prozeß. Jeden Morgen sehe ich zehn Greise, die keinen Schlag auf den Kopf bekommen haben und doch fast in derselben Lage sind. Ihr Erinnerungsvermögen beschränkt sich auf die ersten fünf oder sechs Lebensjahre. Sie erinnern sich an ihre Lehrerin, aber nicht an ihre Kinder und Enkelkinder. Das hindert sie nicht, Karten zu spielen. Außer dem Kartenspiel und den geschickten Handbewegungen beim Drehen ihrer Zigaretten haben sie fast alles vergessen. Das ist nun einmal so. Sie sind auf dem besten Wege, uns mit einer Art von greisenhaftem Gedächtnisschwund zu beunruhigen. Wenn Sie hundert Jahre alt wären, würde ich mich nicht weiter darum kümmern. Aber Sie sind erst zwanzig! Die Aussicht, daß Sie so bleiben, steht eins zu einer Million. Verstehen Sie mich?»

«Wann darf ich meinen Vater sehen?»

«Bald. In einigen Tagen wird dieses mittelalterliche Ding von Ihrem Gesicht genommen. Danach werden wir weitersehen.»

«Ich möchte gern wissen, was geschehen ist.»

«Später, kleine Mumie. Es gibt da ein paar Dinge, die ich erst genau wissen möchte, und wenn ich zu lange bleibe, werden Sie müde. – Also, die Nummer des MG?»

«66.43.13. TTX.»

«Sagen Sie es absichtlich umgekehrt?»

«Ja, absichtlich. Ich habe jetzt genug! Ich will meine Hände bewegen! Ich will meinen Vater sehen! Ich will fort von hier! Sie lassen mich jeden Tag diese idiotischen Dinge wiederholen. Ich bin es leid!»

«Ruhig, kleine Mumie!»

«Nennen Sie mich nicht mehr so!»

«Bitte, beruhigen Sie sich.»

Ich hob einen Arm, eine riesige Gipsfaust. So begann die ‹Krise›. Die Schwester kam. Wieder wurden mir die Hände festgebunden. Dr. Doulin lehnte sich mir gegenüber an die Wand. Er blickte mich unverwandt an, traurig und verstimmt.

Ich schrie, ohne zu wissen, ob ich ihm oder mir selbst böse war. Man gab mir eine Spritze. Ich sah andere Schwestern und Ärzte hereinkommen. Damals dachte ich wohl zum erstenmal an meine äußere Erscheinung. Ich hatte die Empfindung, mich mit den Augen der anderen zu sehen, als ob ich mich in dem weißen Zimmer, in dem weißen Bett verdoppelt hätte. Ein unförmiges Ding mit drei Löchern: Ein Auge – noch ein Auge – ein Mund. Häßlich, erschreckend, jammernd. Ich schrie auf vor Entsetzen.

In den nächsten Tagen besuchte mich Dr. Dinne. Er sprach mit mir wie mit einem fünfjährigen Mädchen, das ein wenig verkommen und böse ist, so daß man es vor sich selber schützen muß.

«Wenn Sie dieses Theater wieder anfangen, sage ich Ihnen nicht, wie es unter Ihren Bandagen aussieht. Es liegt ganz bei Ihnen, wie Sie behandelt werden.»

Während einer langen Woche sah ich Dr. Doulin nicht. Ich mußte ihn mehrmals bitten lassen, zu kommen. Die Schwester hatte nach der Krise schwere Vorwürfe bekommen und antwortete nur widerwillig auf meine Fragen. Für zwei Stunden am Tag löste sie meine Arme. Während dieser Stunden starrte sie mich argwöhnisch an.

«Wachen Sie bei mir, wenn ich schlafe?»

«Nein.»

«Wer denn?»

«Eine andere.»

«Ich möchte meinen Vater sehen.»

«Dazu ist es noch zu früh.»

«Ich möchte Dr. Doulin sehen.»

«Dr. Dinne erlaubt es nicht mehr.»

«Sagen Sie etwas!»

«Was?»

«Gleichgültig, irgend etwas. Sprechen Sie doch mit mir!»

«Das ist verboten.»

Ich beobachtete ihre großen Hände, die mir schön und beruhigend vorkamen. Als sie meinen Blick schließlich fühlte, wurde sie unsicher.

«Hören Sie auf, mich so zu überwachen!»

«Aber Sie überwachen doch mich.»

«Das ist auch nötig», sagte sie.

«Wie alt sind Sie?»

«Sechsundvierzig.»

«Wie lange bin ich schon hier?»

«Sieben Wochen.»

«Haben Sie mich während der sieben Wochen gepflegt?»

«Ja. Jetzt ist's aber genug.»

«Wie war ich in den ersten Tagen?»

«Sie haben sich nicht bewegt.»

«Habe ich phantasiert?»

«Manchmal.»

«Was habe ich gesagt?»

«Nichts Interessantes.»

«Was, zum Beispiel?»

«Ich kann mich nicht mehr erinnern.»

Am Ende einer weiteren Woche, einer weiteren Ewigkeit, betrat Dr. Doulin mit einem Paket unter dem Arm das Zimmer. Er legte seinen feuchten Mantel nicht ab. Der Regen schlug gegen die Fensterscheiben neben meinem Bett.

Er kam auf mich zu, berührte meine Schulter, wie es seine Art war, sehr schnell, sehr vorsichtig, und wünschte der kleinen Mumie guten Tag.

«Ich habe Sie schon lange erwartet.»

«Ich weiß», sagte er, «deshalb habe ich Ihnen ein Geschenk mitgebracht.»

Er erklärte mir, daß jemand ‹von draußen› ihn gebeten habe, mir nach der Krise Blumen zu bringen. Bei dem Strauß – Dahlien, weil seine Frau sie so gern hatte – war ein Anhänger für Autoschlüssel. Er zeigte ihn mir. Es war ein winziger runder Wecker aus Gold. Sehr nützlich beim Parken in der blauen Zone. Er erklärte mir, was die blaue Zone sei.

«Ist das Geschenk von meinem Vater?»

«Nein. Von einer Frau. Seit dem Tod Ihrer Tante hat sie sich sehr um Sie bemüht. Sie haben sie in den letzten Jahren viel häufiger gesehen als Ihren Vater. Sie heißt Jeanne Murneau. Sie ist Ihnen nach Paris nachgefahren und erkundigt sich dreimal täglich nach Ihrem Befinden.»

Ich sagte ihm, daß dieser Name keinerlei Erinnerung in mir wachriefe. Er nahm einen Stuhl, zog den Wecker auf und legte ihn neben meinem Arm auf das Bett.

«In einer Viertelstunde wird es klingeln, dann muß ich fort. Geht es Ihnen gut, kleine Mumie?»

«Es wäre mir lieber, wenn Sie mich nicht mehr so nennen würden.»

«Ab morgen werde ich Sie nicht mehr so nennen. Morgen früh werden Sie in den Operationssaal gebracht, dann werden Ihre Verbände abgenommen. Dr. Dinne glaubt, daß alles gut verheilt sein wird.»

Er öffnete das Paket, das er mitgebracht hatte. Es enthielt Fotos. Fotos von mir. Er zeigte mir eins nach dem anderen und beobachtete dabei scharf meinen Gesichtsausdruck. Er schien nicht zu erwarten, bei mir auch nur die kleinste Erinnerung zu finden. Und ich hatte auch wirklich keine. Ich sah ein junges Mädchen mit schwarzen Haaren, das sehr hübsch zu sein schien und oft lächelte. Sie war schlank und hatte lange Beine. Auf einigen Fotos mochte sie sechzehn, auf anderen etwa achtzehn Jahre alt sein.

Es war köstlich und schrecklich zugleich, die glänzenden Bilder anzusehen. Ich machte gar nicht erst den Versuch, mich an das Gesicht mit den hellen Augen oder an die Landschaften, die er mir fortlaufend zeigte, zu erinnern. Vom ersten Bild an wußte ich, daß seine Mühe vergeblich war. Ich war glücklich und begierig, mich zu sehen und zugleich viel unglücklicher, als ich je gewesen war, seit ich die Augen unter dem grellen Licht geöffnet hatte. Mir war nach Lachen und Weinen zumute. Schließlich weinte ich.

«Aber Kleines, seien Sie doch nicht albern.»

Er nahm die Fotos wieder fort, obgleich ich sie gerne noch einmal gesehen hätte.

«Morgen werde ich Ihnen noch mehr zeigen, auch solche, auf denen Sie nicht allein sind, sondern zusammen mit Jeanne Murneau, Ihrer Tante, Ihrem Vater und den Freunden, mit denen Sie vor drei Monaten zusammen waren. Versprechen Sie sich nicht zuviel davon – es wird Ihnen Ihre Vergangenheit nicht mit einem Mal zurückbringen. Aber es wird Ihnen helfen.»

Ich sagte, daß ich Vertrauen zu ihm hätte. Der Schlüsselanhänger klingelte neben meinem Arm.

Aus dem Operationssaal kehrte ich zu Fuß zurück, gestützt von der Schwester und einem Assistenten von Dr. Dinne. Es waren dreißig Schritte, in einem Gang, von dem ich bisher unter dem Tuch, das meinen Kopf bedeckte, nur den Fußboden gesehen hatte. Er war schwarz und weiß, wie ein Schachbrett. Ich wurde zu meinem Bett geführt. Meine Arme waren viel müder als die Beine, denn die Hände lagen noch immer in schweren Gipsverbänden.

Auf dem Bett sitzend, das Kopfkissen im Rücken, wurde ich ausgezogen. Dr. Dinne, der jetzt eine Jacke trug, kam zu uns ins Zimmer. Er schien zufrieden. Neugierig betrachtete er mich, aufmerksam beobachtete er jede meiner Bewegungen. Mein nacktes Gesicht schien mir kalt wie Eis zu sein.

«Ich möchte gerne wissen, wie ich aussehe.»

Er gab der Schwester ein Zeichen. Er war ein kleiner dicker Mann mit spärlichem Haarwuchs. Die Schwester kam mit dem Spiegel, in dem ich mich schon vor zwei Wochen unter meiner Maske gesehen hatte, zum Bett zurück.

Mein Gesicht. Die Augen sehen sich an. Eine kurze gerade Nase. Eine Haut, die sich über scharf hervortretenden Backenknochen spannt. Verquollene Lippen, von einem kleinen ängstlichen Lächeln halb geöffnet und ein wenig weinerlich. Ein Teint, nicht fahl, wie ich erwartet hatte, sondern rosig und frisch. Ein im ganzen recht angenehmes Gesicht, dem aber jede Natürlichkeit fehlte, weil ich es noch immer nicht wagte, die Muskeln unter der Haut zu bewegen; ich kam mir ziemlich asiatisch vor durch die Backenknochen und die zu den Schläfen gezogenen Augen. Über mein unbewegliches und verwirrtes Gesicht sah ich zwei Tränen fließen, dann mehr und immer mehr. Mein Spiegelbild wurde undeutlich und ich konnte es schließlich nicht mehr erkennen.

«Ihr Haar wird schnell wieder wachsen», meinte die Schwester. «Sehen Sie nur, wieviel voller es in den drei Monaten unter dem Verband geworden ist. Ihre Wimpern werden auch wieder länger werden.»

Sie hieß Madame Raymonde. Sie frisierte mich, so gut sie konnte. Das Haar, das die Narben bedeckte, war wenige Zentimeter lang; sie legte es Strähne für Strähne zurecht, um ihm mehr Fülle zu geben. Mein Gesicht und meinen Hals wusch sie mit weichen Baumwolltüchern. Sie glättete meine Augenbrauen. Es schien, daß sie mir wegen der Krise nicht mehr böse war. Täglich richtete sie mich wie für eine Hochzeit her. Sie sagte: «Sie haben etwas von einem kleinen Chinesen ... Oder von Jeanne d'Arc. Wissen Sie, wer Jeanne d'Arc ist?»

Auf meine Bitte hatte sie mir einen großen Spiegel besorgt und ihn am Fußende meines Bettes aufgehängt. Wenn ich wach war, betrachtete ich mich unausgesetzt darin.

Während der langen Nachmittagsstunden sprach sie jetzt auch gern mit mir. Sie saß auf einem Stuhl so nahe bei mir, daß ich im Spiegel zwei Gesichter sehen konnte, wenn ich den Kopf ein wenig neigte. Sie strickte dabei oder rauchte eine Zigarette.

«Sind Sie schon lange Schwester?»

«Fünfundzwanzig Jahre. Seit zehn Jahren bin ich hier.»

«Haben Sie schon Kranke wie mich gehabt?»

«Viele Menschen wollen eine andere Nase haben.»

«Das meine ich nicht.»

«Einmal hatte ich eine Patientin, die an Gedächtnisschwäche litt. Es ist lange her.»

«Wurde sie geheilt?»

«Sie war sehr alt.»

«Zeigen Sie mir noch einmal die Fotos.»

Sie erhob sich und holte von einer Kommode den Kasten, den uns Dr. Doulin dagelassen hatte. Sie zeigte mir die Bilder eins nach dem anderen. Bisher hatten sie keine Erinnerungen in mir wachgerufen. Anfänglich hatte ich sie gerne betrachtet. Aber seit ich wußte, daß ich diese Bilder im Format 9×13 nicht neu beleben konnte, freuten sie mich nicht mehr.

Ich sah mich zum zwanzigsten Mal, aber mein früheres Ich gefiel mir viel weniger als das junge Mädchen mit den kurzen Haaren, das ich jetzt am Fußende meines Bettes erblickte.

Ich sah außerdem eine dicke Frau mit Kneifer und schweren Hängebacken. Das war Tante Midola. Sie lächelte nie, trug gestrickte Schals um die Schultern, und alle Bilder zeigten sie sitzend.

Ich sah Jeanne Murneau, die meiner Tante fünfzehn Jahre lang treu ergeben gewesen war. Sie war während der letzten sechs oder sieben Jahre bei mir gewesen und wohnte nun, seit man mich nach der Operation in Nizza hierher gebracht hatte, auch in Paris. Ich trug jetzt ein Stück ihrer Haut in der Größe von fünfundzwanzig mal fünfundzwanzig Zentimetern. Die Blumen in meinem Zimmer, die jeden Tag erneuert wurden, die Nachthemden, die mir so viel Freude machten, die Flaschen mit Sekt, die an der Wand aufgereiht standen, die Süßigkeiten, die Madame Raymonde an ihre Kolleginnen auf dem Flur verteilte: alles war von ihr.

«Haben Sie sie gesehen?»

«Die junge Frau? Ja. Manchmal, gegen 13 Uhr, wenn ich zum Essen ging.»

«Wie ist sie?»

«Wie auf den Fotos. In einigen Tagen werden Sie sie sehen.»

«Hat sie mit Ihnen gesprochen?»

«Ja. Oft.»

«Was hat sie zu Ihnen gesagt?»

«Passen Sie gut auf meine Kleine auf! ... Sie war wohl die Vertraute Ihrer Tante, eine Art Sekretärin oder Hausdame. Wenn Sie in Italien waren, war sie immer um Sie und hat alles für Sie getan. Ihre Tante konnte sich kaum noch von der Stelle rühren.»

Die Jeanne Murneau auf den Fotos war groß, ruhig, schön, ernst und sehr gut angezogen. Nur auf einem einzigen Bild waren wir zusammen. Das war im Schnee aufgenommen. Wir trugen eng anliegende Hosen und Wollmützen mit Pompons. Ich lächelte, und die Pompons und Skier sahen lustig aus; trotzdem machte das Bild nicht den Eindruck von Sorglosigkeit und Freundschaft.

«Man könnte glauben, daß sie mir hier böse ist.»

Madame Raymonde nahm das Bild, um es zu betrachten und nickte ergeben mit dem Kopf.

«Vielleicht gaben Sie ihr Veranlassung, Ihnen böse zu sein. Wissen Sie, auf eine Dummheit mehr oder weniger kam es Ihnen nicht an.»

«Wer hat Ihnen das gesagt?»

«Es stand in den Zeitungen.»

«Ach so.»

Die Zeitungen hatten im Juli über den Brand von Cap Cadet berichtet. Dr. Doulin hatte die Nummern, in denen von mir und dem anderen jungen Mädchen die Rede war, aufgehoben, aber er wollte sie mir noch nicht zeigen.

Auch von dem anderen jungen Mädchen gab es Bilder in dem Fotokasten. Dort waren sie alle – Große, Kleine, Fröhliche, Mißgestimmte; alle fremd, alle mit dem gleichen eingefrorenen Lächeln, dessen ich überdrüssig war.

«Für heute habe ich genug gesehen.»

«Soll ich Ihnen etwas vorlesen?»

«Ja. Die Briefe meines Vaters.»

Ich hatte drei Briefe von ihm bekommen und zahllose von mir unbekannten Verwandten und Freunden. Meist Wünsche für baldige Genesung. *Wir sorgen uns um Dich. Ich sterbe fast vor Angst. Ich möchte Dich bald in meine Arme schließen. Liebe Mi. Meine Micky. Mi, Geliebte. Mein armes Kind.*

Die Briefe von meinem Vater waren freundlich, ungeduldig, zurückhaltend; er versuchte, meine Lage zu beschönigen. Zwei Freunde hatten mir in italienischer Sprache geschrieben. Ein anderer, er hieß François, beteuerte, daß ich ihm immer gehören würde, er würde mich diese Hölle vergessen lassen.

Jeanne Murneau hatte mir nur ein kurzes Briefchen geschrieben, zwei Tage bevor mein Kopfverband abgenommen wurde. Ich hatte es zusammen mit anderen Briefen bekommen. Wahrscheinlich hatte sie es einem ihrer kleinen Geschenke beigefügt; sie pflegte mir kandierte Früchte oder Seidenwäsche zu schicken, auch die kleine Uhr, die ich am Handgelenk trug, war von ihr. In dem kleinen Brief stand: *Meine Mi, mein Lieb, mein liebes Herzchen, Du bist nicht verlassen, ich schwöre es Dir. Hab keine Angst. Sei nicht unglücklich. Küsse. Jeanne.*

Das brauchte mir niemand vorzulesen. Ich wußte es auswendig.

Die schweren Gipsverbände, die meine Arme lahmgelegt hatten, wurden entfernt. Ich bekam weiße Baumwollhandschuhe, sie waren zart und leicht. Die Handschuhe wurden mir angezogen, und ich durfte dabei nicht auf meine Hände sehen.

«Muß ich solche Handschuhe tragen?»

«Unbedingt. Damit können Sie Ihre Hände gebrauchen. Die Knochen sind nicht deformiert. Die Bewegungen werden nur ein paar Tage lang schmerzhaft sein. Sie werden zwar keine Uhrmacherarbeiten ausführen können, aber bei gewöhnlichen Hantierungen werden Sie nicht behindert sein.»

Dies sagte einer der beiden Ärzte, die Dr. Dinne mit ins Zimmer gebracht hatte. Die beiden sprachen schonungslos mit mir, sie wollten mir helfen, mein Selbstmitleid zu zerstreuen.

Einige Minuten lang mußte ich die Finger bewegen, mußte meine Hände auf ihre Hände legen und sie öffnen und schließen. Ehe sie gingen, beschlossen sie, daß in zwei Wochen vorsichtshalber noch eine Röntgenaufnahme gemacht werden sollte.

Dieser Vormittag gehörte den Ärzten. Nach den beiden kam ein Herzspezialist, dann Dr. Doulin. Ich trug einen blauen Rock aus grobem Wollstoff und eine weiße Bluse und ging in dem mit Blumen überfüllten Zimmer auf und ab. Der Herzspezialist öffnete meine Bluse, horchte und nannte mein Herz vorzüglich. Ich dachte an meine Hände, die ich bald nackt, ohne meine Handschuhe betrachten würde. Ich dachte an meine hohen Absätze, die mir sofort natürlich vorgekommen waren – wenn jede Erinnerung ausgelöscht und ich gewissermaßen wieder ein kleines Mädchen von fünf Jahren wäre, hätte mich dann nicht alles sehr verwundern müssen: die Schuhe mit den hohen Absätzen, die Strümpfe und der Lippenstift?

«Sie sind schrecklich», knurrte Dr. Doulin. «Ich habe Ihnen schon so oft verboten, sich über derartige Dummheiten aufzuregen. Wenn ich Sie jetzt zum Essen einlade und Sie halten dabei Ihre Gabel richtig, was soll das beweisen? Etwa, daß Ihre Hände sich besser erinnern als Sie selbst? Wenn ich Sie jetzt an das Steuer meines Wagens setzte, würden Sie zwar anfangs zu schnell fahren, weil Sie den Peugeot 403 nicht gewohnt sind, aber nach kurzer Zeit hätten Sie gar keine Schwierigkeiten mehr ... Glauben Sie wirklich, daß wir dann mehr wüßten?»

«Ich weiß es nicht. Sie müßten es mir erklären.»

«Ich müßte Sie noch einige Tage beobachten. Unglücklicherweise will man Sie aber von hier fortholen. Ich bin nicht berechtigt, Sie hierzubehalten – es sei denn, Sie wollten es selbst. Und ich weiß nicht einmal, ob es richtig wäre, Sie darum zu bitten, noch zu bleiben.»

«Wer will mich fortbringen?»

«Jeanne Murneau. Sie sagt, sie könne nicht mehr warten.»

«Werde ich sie bald sehen?»

«Wozu sonst dieses Durcheinander?»

Ohne hinzusehen, wies er mit einer weiten Armbewegung ins Zimmer. Die Tür stand offen; Madame Raymonde packte meine Kleider, eine andere Schwester trug die Champagnerflaschen und die Stapel der ungelesenen Bücher hinaus.

«Warum wäre es Ihnen lieber, wenn ich hierbliebe?»

«Sie verlassen uns mit einem hübschen Gesicht, einem gesunden Herzen, mit Händen, die Sie gebrauchen können, und Ihre dritte linke Gehirnwindung scheint auch wieder ganz gesund zu sein. Ich hoffte, daß Sie auch Ihr Erinnerungsvermögen zurückerhalten würden.»

«Die dritte was?»

«Die dritte Gehirnwindung. Die linke Hirnseite. Dort hatte Ihre erste Hirnblutung ihren Ursprung. Der Verlust der Sprache, den ich im Anfang beobachtete, kann auch daher gekommen sein. Aber das hat nichts mit dem anderen zu tun.»

«Was ist das, das andere?»

«Ich weiß es nicht. Vielleicht einfach die Furcht, die Sie beim Ausbruch des Brandes empfunden haben. Oder der Schock. Als das Haus brannte, haben Sie sich hinausgestürzt. Sie wurden am Fuße einer Treppe gefunden, mit einer zehn Zentimeter großen Schädelwunde. Auf jeden Fall hängt Ihr Gedächtnisschwund nicht mit einer Gehirnverletzung zusammen. Ich habe das im Anfang geglaubt, aber es ist etwas anderes.»

Ich saß auf meinem ungemachten Bett, die Hände in den weißen Handschuhen auf den Knien. Ich sagte ihm, daß ich fortgehen wolle, daß ich auch nicht mehr könne, wirklich nicht. Wenn ich erst Jeanne Murneau sehen und mit ihr sprechen könnte, würde mir alles wieder einfallen.

Er machte eine Geste der Resignation. «Heute nachmittag wird sie kommen. Sie wollte Sie unbedingt sofort abholen. Falls Sie in Paris bleiben, werde ich Sie im Krankenhaus oder in meiner Praxis sehen. Wenn Sie in den Süden gehen, müssen Sie unbedingt Dr. Chaveres aufsuchen.»

Er war verbittert und offensichtlich böse auf mich. Ich sagte ihm, daß ich ihn gern oft besuchen wolle, daß ich aber vollends verrückt würde, wenn ich länger in diesem Zimmer bleiben müsse.

«Ich traue Ihnen jede Dummheit zu», sagte er. «Wahrscheinlich denken Sie: ‹Die Erinnerungen sind nicht so wichtig; ich habe Zeit genug, mir neue zu schaffen . . .› Sie könnten das eines Tages bedauern.»

Er ging, und ich dachte über seine Worte nach. Diesen Gedanken hatte ich tatsächlich schon gehabt. Seit ich wieder ein Gesicht hatte, beunruhigten mich die aus meinem Gedächtnis entschwundenen fünfzehn Jahre nur wenig. Ein erträglicher Schmerz in Kopf und Nacken war alles, was ich zurückbehalten hatte. Und auch dies würde bald vorübergehen. Wenn ich mich im Spiegel betrachtete, war ich wieder *ich*, mit den Augen eines kleinen Chinesen. Das Leben wartete auf mich; ich war glücklich und sehr zufrieden mit mir. Es war das Pech *der anderen*, daß ich jetzt *ich* war.

«Es ist zwar sehr albern, aber wenn ich mich in diesem Spiegel sehe, finde ich mich wunderschön. Ich bin ganz vernarrt in mich selbst!» Ich drehte mich vor Madame Raymonde im Kreise, um meinen Rock wehen zu lassen. Fast hätte ich das Gleichgewicht verloren; ich konnte mich gerade noch auf den Beinen halten.

In diesem Augenblick trat Jeanne ins Zimmer. Sie blieb auf der Schwelle stehen, eine Hand am Türgriff. Ihr beigefarbenes Kostüm leuchtete in der Sonne. Ihr Gesicht war seltsam unbewegt, ihre Haare viel heller, als ich sie mir vorgestellt hatte. Und noch etwas war mir beim Betrachten der Bilder nicht aufgefallen: Sie war sehr groß, fast einen Kopf größer als ich.

Ihr Gesicht und ihre Haltung waren mir nicht wirklich fremd. Eine Sekunde lang glaubte ich sogar, daß die Vergangenheit wieder aufsteigen könnte, wie eine mächtige Woge, die mich betäuben würde . . . Vielleicht war ich vom Herumtanzen schwindlig geworden, oder das unerwartete Erscheinen einer Frau, die mir so vertraut war wie eine Traumgestalt, hatte mich überwältigt. Ich fiel auf mein Bett, und instinktiv bedeckte ich Gesicht und Haare mit den Händen, als ob ich mich ihrer schämen müßte.

Madame Raymonde verließ diskret das Zimmer. Ich sah, wie Jeannes Lippen sich öffneten, hörte ihre tiefe Stimme, die mir vertraut war wie ihr Anblick; dann kam sie auf mich zu und schloß mich in ihre Arme.

«Nicht weinen!»

«Ich kann nicht anders.»

Ich küßte ihr Gesicht und ihren Hals und war traurig, sie nur mit meinen Handschuhen berühren zu können. Sogar ihr Parfum kannte ich aus meinen Träumen. Ich hatte den Kopf an ihre Brust gelehnt; behutsam streichelte sie mein Haar, das die Narben kaum bedeckte. Ich schämte mich und sagte, daß ich unglücklich sei, daß ich mit ihr fortgehen wolle und daß sie sich nicht vorstellen könne, wie sehr ich auf sie gewartet hätte.

«Laß dich ansehen.»

Ich wollte nicht, aber sie hob meinen Kopf, und als ich ihre Augen so nah vor mir sah, hatte ich wieder das Gefühl, an der Schwelle des Erinnerns zu stehen. Ihre Augen waren golden und sehr klar, aber in ihrer Tiefe ahnte ich leisen Zweifel.

Auch sie mußte mich wieder kennenlernen. Mit verwirrtem Blick sah sie mich aufmerksam an. Schließlich konnte ich diese Prüfung, dieses Suchen nach den wohlbekannten Gesichtszügen nicht mehr ertragen. Aufschluchzend schob ich Jeannes' Hände beiseite.

«Bitte bringen Sie mich fort! Sehen Sie mich nicht so an! Ich bin es doch, Mi! Sehen Sie mich doch bitte nicht so an!»

Sie fuhr fort, meine Haare zu streicheln und murmelte: «Mein Lieb, mein Herzchen, mein Engel . . .»

Dr. Dinne kam herein. Er war ein wenig befangen, als er meine Tränen sah und die Größe von Jeanne bemerkte. Sie hatte sich erhoben und war größer als alle im Zimmer, größer als er, als die Assistenten und als Madame Raymonde.

Sie gaben ihr viele Ermahnungen und Ratschläge meinetwegen. Ich achtete nicht darauf, wollte sie nicht hören. Ich stand und hatte mich gegen Jeanne gelehnt. Sie hatte einen Arm um mich gelegt und sprach zu ihnen mit der Stimme einer Königin, die ihr Kind heimholt. Ich fühlte mich wohl. Ich fürchtete nichts mehr.

Sie selbst knöpfte mir den Mantel zu, einen Wildledermantel, den ich früher schon getragen haben mußte, denn er war ein wenig glänzend an den Ärmeln. Sie setzte mir eine Mütze auf und band mir einen grünen Seidenschal um den Hals. Sie führte mich durch die Gänge der Klinik, auf eine Glastür zu, die das Sonnenlicht blendend reflektierte.

Draußen stand ein weißes Auto mit schwarzem Verdeck. Sie setzte mich hinein, schloß die Tür und nahm am Steuer Platz. Sie war ruhig; sie sagte nichts, sah mich nur lächelnd an und gab mir einen flüchtigen Kuß auf die Schläfe.

Wir fuhren ab. Kies knirschte unter den Rädern, ein Portal öffnete sich. Wir fuhren durch breite Straßen; zu beiden Seiten standen viele Bäume.

«Dies ist der Bois de Boulogne», erklärte Jeanne.

Ich war müde. Die Augen fielen mir zu. Ich glitt langsam tiefer, bis mein Kopf auf dem wolligen Stoff ihres Rockes ruhte. Ganz nah vor mir sah ich ein Stück des Lenkrades, das sich drehte. Ich lebte! Es war ein Wunder. Ich schlief ein.

Ich erwachte auf einer niedrigen Couch. Eine großkarierte rote Decke lag auf meinen Beinen. Das Zimmer war sehr groß; die Lampen über dem Tisch konnten nicht alle Schatten aus den Ecken vertreiben.

Sehr weit von mir, etwa dreißig Schritte entfernt, brannte in einem hohen Kamin ein Feuer. Ich erhob mich. Die Kopfschmerzen waren ärger als je zuvor. Ich ging auf das Feuer zu, zog einen Sessel heran, ließ mich hineinsinken und fiel wieder in leichten Schlaf.

Auf einmal fühlte ich, daß Jeanne sich über mich beugte. Ich hörte ihre Stimme. Es war nur ein leises Murmeln. Plötzlich überfiel mich die Erinnerung an die Patin Midola; sie saß in ihrem Rollstuhl, den orangefarbenen Schal um die Schultern gelegt, häßlich, schrecklich ... In einem Schwindelanfall öffnete ich die Augen. Alles sah verschwommen aus, als ob ich durch eine regennasse Scheibe blickte.

Die Welt wurde wieder hell. Jeanne war bei mir; ich sah ihr klares Gesicht und ihre leuchtenden Haare. Ich hatte den Eindruck, daß sie mich schon lange betrachtet hatte.

«Geht es dir gut?»

Ich sagte, daß es mir gut gehe und streckte die Arme aus, um ihr näher zu sein. Durch ihre Haare, die über mein Gesicht gefallen waren, sah ich das riesige Zimmer mit den getäfelten Wänden, die Lampen, die dunklen Ecken und die Couch, auf der ich gelegen hatte. Die Decke war über meine Knie gebreitet.

«Wo sind wir hier?»

«Jemand hat mir dieses Haus zur Verfügung gestellt, ich werde es dir später erklären. Fühlst du dich wohl? Du bist im Auto eingeschlafen.»

«Mir ist kalt.»

«Ich habe dir den Mantel ausgezogen. Das hätte ich nicht tun sollen ... Warte!»

Sie zog mich hoch und massierte mir Arme und Rücken, um mich zu erwärmen. Ich mußte lachen. Sie stutzte; ihr Gesicht war auf einmal verschlossen, und wieder sah ich den Zweifel auf dem Grund ihres Blikkes. Dann, ganz plötzlich, fiel sie in mein Lachen ein. Sie nahm eine Tasse, die auf dem Teppich gestanden hatte, auf und reichte sie mir.

«Trink das, es ist Tee.»

«Habe ich lange geschlafen?»

«Drei Stunden. Trink jetzt!»

«Sind wir allein hier?»

«Nein. Wir haben einen Diener und eine Köchin. Sie wissen nicht recht, was sie von uns denken sollen. Als ich dich aus dem Wagen hob, waren sie noch nicht zurückgekommen ... Du bist mager geworden. Ich konnte dich ganz allein tragen. Ich werde alles tun, damit du wieder runde Backen bekommst. Als du klein warst, bekam ich Schelte, weil du nicht dicker wurdest.»

«Wer hat Sie gescholten – ich?»

«Trink jetzt! Nein, du nicht. Du warst dreizehn Jahre alt. Man konnte deine Rippen zählen. Du glaubst nicht, wie ich mich deiner Rippen geschämt habe ... Jetzt trinkst du aber, ja?»

In einem Zug trank ich den lauwarmen Tee aus, obgleich er mir schlecht schmeckte, aber ich hatte auch nichts anderes erwartet.

«Schmeckt er dir nicht?»

«Nein, nicht sehr.»

«Früher mochtest du ihn gern.»

Seitdem habe ich dieses *früher* noch oft gehört. Ich erzählte Jeanne, daß ich in den letzten Tagen in der Klinik ein wenig Kaffee trinken durfte, er habe mir sehr gut getan. Jeanne lehnte sich im Sessel zurück und sagte, daß ich alles bekommen könne, was ich nur wolle. Die Hauptsache sei, daß ich noch lebte und bei ihr sei.

«Eben in der Klinik haben Sie mich nicht wiedererkannt, nicht wahr?»

«Doch, ich habe dich wiedererkannt ... Aber sag doch bitte nicht ‹Sie› zu mir.»

«Du hast mich wiedererkannt?»

«Du bist mein kleines Mädchen», fuhr sie fort. «Zum erstenmal sah ich dich auf dem Flughafen in Rom. Du warst winzig und hattest einen großen Koffer bei dir. Damals hattest du schon denselben verlorenen Ausdruck wie jetzt. Deine Patin sagte zu mir: ‹Murneau, du kriegst Prügel, wenn sie nicht zunimmt!› Ich habe dich gefüttert, gewaschen und angezogen, ich habe dir Italienisch, Tennis, Dame spielen und den Charleston beigebracht. Zweimal habe ich dir sogar einen Klaps gegeben. Zwischen deinem dreizehnten und achtzehnten Lebensjahr waren wir nie länger als drei Tage hintereinander getrennt. Du warst meine kleine Tochter. Deine Patin sagte zu mir: ‹Sie ist dein Beruf ...› Jetzt werde ich wieder von vorn anfangen. Wenn du nicht wieder so wirst, wie du gewesen bist, werde ich mich selber verprügeln.»

Sie hörte mein Lachen, prüfte mich mit einem so durchdringenden Blick, daß ich ganz plötzlich innehielt. «Was ist denn?»

«Nichts, Chérie. Steh auf!»

Sie nahm mich am Arm und ging mit mir im Zimmer umher. Dann

trat sie zurück, um mich zu beobachten. Ich machte einige zögernde Schritte, die mir starke Schmerzen im Nacken verursachten. Meine Beine waren bleischwer.

Als sie wieder auf mich zukam, schien sie ihre Verwirrung zu verbergen, um die meine nicht noch zu vergrößern. Sie brachte es fertig, arglos zu lächeln, als ob ich immer so gewesen wäre wie jetzt, mit stark hervortretenden Backenknochen, kurzer Nase und dreifingerlangen Haaren. Irgendwo im Haus schlug eine Uhr siebenmal.

«Habe ich mich sehr verändert?» fragte ich.

«Dein Gesicht ist verändert. Außerdem bist du müde; es ist ganz natürlich, daß deine Bewegungen und dein Gang jetzt anders sind ... Ich werde mich schon daran gewöhnen.»

«Wie ist es geschehen?»

«Später, mein Lieb.»

«Ich will mich erinnern können. An dich, an mich selbst, an Tante Midola, meinen Vater und alle anderen. Ich muß mich erinnern.»

«Du wirst dich wieder erinnern.»

«Warum sind wir hier? Warum bringst du mich nicht ganz schnell an einen Ort, den ich kenne, wo man mich kennt?»

Erst drei Tage später konnte sie diese Frage beantworten. Jetzt zog sie mich an sich, wiegte mich in ihren Armen, sagte, daß ich ihre kleine Tochter sei und daß mir nichts Böses mehr geschehen könne, weil sie mich nie mehr verlassen werde.

«Du hast mich verlassen?»

«Ja. Eine Woche vor dem Unglück. Ich mußte etwas Geschäftliches für deine Tante in Nizza erledigen. Als ich in die Villa zurückkam, fand ich dich mehr tot als lebendig am Fuße einer Treppe. Ich bin fast verrückt geworden auf der Suche nach einem Krankenauto, der Polizei und einem Arzt.»

Wir befanden uns in einem anderen riesigen Raum, einem Eßzimmer mit schweren, dunklen Möbeln; der Tisch mochte acht Meter lang sein. Wir saßen nebeneinander. Ich hatte die karierte Decke um die Schultern gelegt.

«Wie lange war ich in Cap Cadet?»

«Drei Wochen», sagte sie. «Im Anfang war ich einige Tage mit euch beiden dort.»

«Uns beiden?»

«Ja, bei dir war noch ein junges Mädchen, das du gern um dich hattest ... Iß! Wenn du nicht ißt, erzähle ich nicht weiter.»

Ich stopfte Fleischstücke in mich hinein, um dafür stückweise meine Vergangenheit zu erfahren. So machten wir, nebeneinandersitzend, in dem großen Haus in Neuilly unsere Tauschgeschäfte. Eine Köchin mit unangenehm schleichenden Bewegungen bediente uns. Sie redete Jeanne nur mit ihrem Familiennamen an, ohne Mademoiselle oder Madame zu sagen.

«Das junge Mädchen war in deiner Kindheit mit dir befreundet», sagte Jeanne. «Sie war in demselben Haus wie du in Nizza aufgewachsen. Ihre Mutter wusch für deine Mutter die Wäsche. Für etwa acht oder neun Jahre hattet ihr euch aus den Augen verloren, aber in diesem Jahr, im Februar, hast du sie wiedergetroffen. Sie arbeitete in Paris. Du hattest dich sehr an sie angeschlossen. Sie hieß Domenica Loï.»

Jeanne beobachtete mich, als warte sie auf ein Zeichen der wiederkehrenden Erinnerung in meinem Gesicht. Aber es war hoffnungslos. Ich empfand zwar Mitleid mit den Menschen, von denen sie sprach, aber sie blieben mir fremd.

«Und dieses junge Mädchen ist tot?»

«Ja. Sie wurde in dem verbrannten Teil der Villa gefunden. Es scheint, daß du versucht hast, sie aus ihrem Zimmer zu holen, bevor du selbst branntest. Dein Nachthemd hat Feuer gefangen. Du mußt versucht haben, zum Schwimmbad im Garten zu kommen. Ich habe dich eine halbe Stunde später am Fuß der Treppe gefunden. Es war zwei Uhr morgens. Männer im Schlafanzug standen herum, aber keiner wagte dich anzurühren, sie hatten den Kopf verloren und wußten nicht, was sie tun sollten. Die Feuerwehrleute von Les Lecques sind gleich nach mir gekommen. Sie haben dich dann in das Krankenrevier der Marinewerft in La Ciotat gebracht. Ich versuchte noch in der Nacht, einen Krankenwagen nach Marseille zu bekommen. Schließlich bekam ich einen Hubschrauber. Du wurdest nach Nizza gebracht und am nächsten Morgen operiert.»

«Und was hatte ich?»

«Du mußt die letzten Stufen der Treppe hinuntergefallen sein, als du aus dem Hause stürztest. Vielleicht hast du dich auch aus einem Fenster im Oberstock hinunterfallen lassen. Die Untersuchung hat da keine Einzelheiten ergeben. Es steht jedenfalls fest, daß du mit dem Kopf zuerst die Treppe hinuntergestürzt bist. Du hattest Brandwunden im Gesicht und an den Händen. Am Körper auch, aber weniger schwer, das Nachthemd muß dich trotz allem geschützt haben ... Die Feuerwehrleute haben mir das erklärt, aber ich habe es vergessen. Du warst nackt, schwarz von Kopf bis Fuß, und hattest verkohlte Stoffetzen im Mund. Du hattest keine Haare mehr. Die Leute, die bei dir standen als ich kam, hielten dich für tot. Du hattest eine klaffende Schädelwunde, die Öffnung war so groß wie meine Hand. Diese Verletzung bereitete uns in der ersten Nacht die größten Sorgen. Später, nachdem Dr. Chaveres dich operiert hatte, unterschrieb ich ein Papier für eine Hautübertragung. Deine wuchs nicht wieder nach.»

Sie sprach, ohne mich anzusehen. Jeder ihrer Sätze drang wie ein riesiges Feuer in meinen Kopf. Sie schob den Sessel vom Tisch fort und zog ihren Rock hoch. Auf ihrem rechten Oberschenkel sah ich einen großen braunen Fleck über dem Strumpf: die Narbe.

Ich legte den Kopf in meine Hände und begann zu weinen. Jeanne nahm mich in ihre Arme, so saßen wir einige Minuten lang, bis die Köchin kam und eine Schale mit Früchten auf den Tisch stellte.

«Ich muß dir diese Dinge erzählen», sagte Jeanne. «Du mußt das wissen, um dich erinnern zu können.»

«Ich weiß.»

«Jetzt bist du hier, und dir kann nichts mehr geschehen. Nun ist das alles nicht wichtig.»

«Wie konnte das Feuer im Haus entstehen?»

Sie erhob sich. Ihr Rock fiel wieder herunter. Dann ging sie auf eine Anrichte zu und zündete sich eine Zigarette an. Einen Augenblick hielt sie das Streichholz vor sich, um es mir zu zeigen.

«Im Zimmer des jungen Mädchens war Gas ausgeströmt. Einige Monate vorher war eine Gasleitung in die Villa gelegt worden. Die Untersuchung hat ergeben, daß eine Rohrabzweigung fehlerhaft war. Das Sparflämmchen des Heißwasserbereiters in einem der Badezimmer hat dann die Explosion ausgelöst.» Sie blies das Streichholz aus.

«Komm näher zu mir», bat ich sie.

Sie kam und setzte sich neben mich. Ich ergriff ihre Hand, nahm die Zigarette und tat einen tiefen Zug. «Habe ich früher geraucht?»

«Steh auf!» sagte Jeanne. «Wir wollen ein wenig ausfahren. Wisch dir die Augen ab.»

In einem Zimmer mit niedriger Decke, in dem ein Bett stand, so groß, daß vier kranke Michèles darin Platz gehabt hätten, gab Jeanne mir einen dicken Pullover mit Rollkragen, meinen Ledermantel und das grüne Seidentuch.

Sie nahm mich bei meiner behandschuhten Hand und führte mich durch verlassene Zimmer in eine marmorne Eingangshalle, in der unsere Schritte widerhallten. Draußen, im Garten mit den schwarzen Bäumen, ließ sie mich in das Auto vom Nachmittag einsteigen.

«Um zehn Uhr bringe ich dich zu Bett. Jetzt will ich dir einiges zeigen, was du früher gekannt hast. In ein paar Tagen darfst du selbst fahren.»

«Bitte, sag mir noch einmal den Namen des jungen Mädchens.»

«Domenica Loï. Sie wurde Do genannt. Als ihr klein wart, gab es da noch ein anderes Kind, aber das ist vor langer Zeit gestorben – an Gelenkrheumatismus, glaube ich. Man nannte euch Kusinen, weil ihr gleich alt wart. Das andere kleine Mädchen hieß Angela. Ihr stammtet alle drei aus Italien. Mi, Do und La. Verstehst du jetzt, woher der Name deiner Tante kommt?»

Sie fuhr schnell, durch helle breite Straßen. «Der richtige Name deiner Tante war Sandra Raffermi. Sie war die Schwester deiner Mutter.»

«Wann ist meine Mutter gestorben?»

«Du warst acht oder neun Jahre, ich weiß es nicht mehr genau. Man gab dich in ein Kinderheim. Vier Jahre später erwirkte deine Tante die Erlaubnis, dich zu sich zu nehmen. Sie war ... Früher oder später wirst du es doch erfahren; sie ging in ihrer Jugend einem traurigen Gewerbe nach. Aber zu der Zeit war sie eine Dame und reich. Die Schuhe, die du trägst und die, die ich trage, werden in den Fabriken deiner Tante hergestellt ... Oder in deinen Fabriken, genaugenommen; deine Tante ist tot.»

«Du hast meine Tante nicht geliebt?»

«Ich weiß es nicht», sagte Jeanne. «Ich liebe dich. Alles andere ist mir gleichgültig. Mit achtzehn Jahren begann ich für die Raffermi zu arbeiten. Ich machte Absätze in einer ihrer Werkstätten in Florenz. Ich war allein und verdiente meinen Unterhalt so gut ich konnte. Das war 1942. Sie erschien eines Tages, und das erste, was ich von ihr bekam, war eine Ohrfeige. Ich habe sie ihr zurückgegeben. Da hat sie mich mitgenommen ... Als letztes bekam ich ebenfalls eine Ohrfeige von ihr, aber die habe ich ihr nicht zurückgegeben. Das war im Mai dieses Jahres, eine Woche vor ihrem Tod. Seit Monaten fühlte sie, daß sie sterben mußte; sie wollte nicht sterben und ließ ihre Wut, ihre Verzweiflung an ihrer Umgebung aus.»

«Liebte ich meine Tante?»

«Nein.»

Ich schwieg eine ganze Weile und versuchte vergeblich, mir ein Gesicht vorzustellen, das ich auf den Fotos gesehen hatte: Eine alte Frau mit Kneifer, die in einem Rollstuhl saß.

«Mochte ich denn Domenica Loï?»

«Die mochten alle.»

«Liebte ich dich?»

Sie wandte den Kopf; ich sah ihren hellen Blick im Schein der vorbeihuschenden Straßenlampen. Sie zuckte die Achseln und sagte mit spröder Stimme, daß wir bald am Ziel seien. Mir war plötzlich elend zumute. Ich faßte nach ihrem Arm. Das Auto geriet leicht ins Schleudern. Ich bat sie um Entschuldigung, und ohne Zweifel glaubte sie, meine Entschuldigung gelte der ungeschickten Bewegung.

Sie zeigte mir den Arc de Triomphe, die Place de la Concorde, die Tuilerien und die Seine. Kurz hinter der Place Maubert hielten wir in einer kleinen Straße, die zum Fluß hinunterführte, vor einem Hotel. Auf einem hellerleuchteten Neonschild las ich: HÔTEL VICTORIA.

Wir blieben im Auto sitzen. Sie ließ mich das Hotel betrachten und sah, daß das Gebäude mich an nichts erinnerte.

«Was ist dies?» fragte ich sie.

«Du bist oft hier gewesen. In diesem Hotel wohnte Do.»

«Bitte, laß uns heimfahren.»

Sie seufzte, stimmte zu und küßte mich auf die Schläfe. Während der Rückfahrt tat ich so, als schliefe ich wieder ein und legte den Kopf auf ihren Schoß.

Sie zog mich aus, ließ mich ein Bad nehmen und rieb mich mit einem großen Tuch wieder trocken. Dann reichte sie mir ein Paar neue Baumwollhandschuhe, damit ich die alten, die schmutzig geworden waren, ablegen konnte.

Wir saßen auf dem Rand der Badewanne, sie angekleidet, ich im Nachthemd. Schließlich zog sie mir die Handschuhe aus und ich wandte den Kopf ab, als ich meine Hände sah.

Sie legte mich in das große Bett, deckte mich zu und löschte die Lampe. Es war 22 Uhr, wie sie es dem Arzt versprochen hatte. Seit sie die Spuren des Brandes an meinem Körper gesehen hatte, war ihr Gesicht traurig geworden. Sie hatte aber nur gemeint, daß wohl nicht viel davon zurückbleiben werde – eine Narbe auf dem Rücken und zwei auf den Beinen, sonst nichts – und daß ich abgemagert sei. Ich fühlte, daß sie sich bemühte, natürlich zu erscheinen, daß sie mich aber immer weniger wiedererkannte.

«Laß mich nicht allein, ich bin es nicht gewohnt, und ich fürchte mich.»

Sie setzte sich neben mich und blieb einen Augenblick. Ich schlief mit meinem Mund an ihrer Hand ein. Sie sprach nicht. Im Einschlafen, als ich an der Grenze der Bewußtlosigkeit war, wo die Dinge ein wenig verworren sind, wo aber auch alles möglich ist, kam mir zum erstenmal der Gedanke, daß ich eigentlich nur das darstellte, was Jeanne mir über mich erzählte. Wenn Jeanne log, mußte ich selbst zu einer Lüge werden.

«Ich möchte jetzt einige Erklärungen haben. Seit Wochen höre ich immer wieder dieses ‹Später›! Gestern abend behauptetest du, ich liebte meine Tante nicht. Warum?»

«Weil sie nicht liebenswürdig war.»

«Zu mir auch nicht?»

«Zu niemand.»

«Wenn sie mich zu sich nahm, als ich dreizehn war, dann muß sie mich doch geliebt haben.»

«Ich habe nicht gesagt, daß sie dich nicht liebte. Außerdem schmeichelte es ihr. Du kannst das nicht verstehen. Lieben, nicht lieben ... du hast keine anderen Kriterien; du urteilst nur danach.»

«Warum war Domenica Loï seit Februar bei mir?»

«Du hast sie im Februar wiedergetroffen. Es war kurze Zeit, nachdem sie dir nachzuspüren begonnen hatte. Warum sie das tat – nun, du bist sicher die einzige, die es je gewußt hat. Was soll ich dazu sagen? Du hattest alle drei Tage eine andere Schwärmerei: ein Auto, ein Hund, ein amerikanischer Dichter oder Domenica Loï; es waren immer die gleichen Torheiten. Mit achtzehn Jahren habe ich dich in einem Genfer Hotel mit einem kleinen Büroangestellten wiedergefunden, mit zwanzig in einem anderen Hotel mit Domenica Loï.»

«Und was war sie für mich?»

«Eine Sklavin. Alle waren deine Sklaven.»

«Du auch?»

«Ich auch.»

«Was ist geschehen?»

«Nichts. Was soll geschehen sein? Du hast mir einen Koffer an den Kopf geworfen und eine Vase, die ich teuer bezahlen mußte, und bist mit deiner Sklavin fortgegangen.»

«Wo war das?»

«Im Hotel Washington, Rue Lord Byron, dritter Stock, Appartement 14.»

«Wohin bin ich gegangen?»

«Das weiß ich nicht. Ich habe mich nicht darum gekümmert. Deine Tante wartete auf dich. Sie wollte dich vor ihrem Tod noch sehen. Ich kam ohne dich. Da gab sie mir die zweite Ohrfeige in achtzehn Jahren. Eine Woche später ist sie gestorben.»

«Ich bin nicht gekommen?»

«Nein. Ich kann nicht sagen, daß ich nichts über dich gehört hätte – du machtest so viele Dummheiten, daß ich auch davon erfuhr. Aber du selber hast mir einen Monat lang kein Lebenszeichen gegeben. Nach dieser Zeit ungefähr pflegte dir das Geld auszugehen. Dann waren deine Schulden so angewachsen, daß sogar deine kleinen Gigolos kein Vertrauen mehr zu dir hatten. Ich bekam ein Telegramm nach Florenz. VERZEIH STOP UNGLÜCKLICH STOP GELD STOP ICH KÜSSE DICH TAUSENDMAL ÜBERALL STOP AUF DIE STIRN STOP DIE AUGEN STOP DIE NASE STOP DEN MUND STOP DEINE BEIDEN HÄNDE STOP DIE FÜSSE STOP SEI GUT STOP ICH WEINE STOP DEINE MI. Ich schwöre dir, daß dies der genaue Wortlaut war. Ich werde es dir zeigen.»

Sie zeigte mir das Telegramm, als ich angezogen war. Ich las es stehend, einen Fuß auf einem Stuhl, während sie meinen Strumpf hochzog – mit meinen Handschuhen konnte ich es selbst nicht.

«Dieser Text ... das ist doch idiotisch!»

«Und doch entsprach er dir vollkommen. Ich habe noch einige von der Sorte. Manchmal hieß es nur: SCHICKE GELD MI. Manchmal schicktest du im Laufe eines Tages fünfzehn Telegramme, um immer wieder dasselbe zu sagen. Du zähltest meine Vorzüge auf. Oder du reihtest Adjektive aneinander, die sich auf den einen oder anderen Teil meiner Person bezogen, je nach deiner Laune. Es war haarsträubend und sehr kostspielig für einen Dummkopf, der kein Geld hatte, aber du zeigtest Phantasie.»

«Du sprichst von mir, als ob du mich nicht leiden könntest.»

«Ich habe dir nicht gesagt, welche Worte du in diesen Telegrammen gebrauchtest. Du konntest einem wehtun ... Das andere Bein! – Nach dem Tode deiner Tante habe ich dir kein Geld geschickt. Ich bin selbst gekommen ... Stell das andere Bein auf den Stuhl ... So. – Ich bin an einem Sonntagnachmittag in Cap Cadet angekommen. Du warst vom frühen Morgen bis in die Nacht hinein betrunken. Ich habe deinen Gigolo hinausgeworfen und dich unter die Dusche gestellt. Do hat mir dabei geholfen. Drei Tage lang hast du den Mund nicht aufgemacht ... So.»

Ich war fertig. Sie knöpfte meinen grauen Mantel zu, holte den ihren aus einem Nebenzimmer, und wir brachen auf. Ich lebte wie in einem bösen Traum. Ich glaubte kein Wort von dem, was Jeanne mir erzählt hatte.

Im Wagen merkte ich, daß ich das Telegramm, das sie mir gegeben hatte, noch immer in der Hand hielt. Es war immerhin ein Beweis dafür, daß sie nicht log. Wir schwiegen eine Zeitlang, während wir auf den Arc de Triomphe zufuhren, den ich in der Ferne unter einem trüben Himmel liegen sah.

«Wohin bringst du mich?»

«Zu Dr. Doulin. Er hat heute früh angerufen. Er gibt keine Ruhe.» Sie sah mich an und lächelte. «Na, mein Küken? Hör mal, du siehst aber traurig aus!»

«Es ist ... Ich will nicht diese Mi sein, von der du mir erzählt hast. Ich verstehe das nicht. Ich kann nicht sagen, woher ich es weiß, aber ich bin nicht so ... Kann sich denn ein Mensch so ändern?»

Sie antwortete, daß ich mich sehr verändert hätte.

Drei Tage verbrachte ich mit dem Lesen alter Briefe und der Durchsicht der Koffer, die Jeanne von Cap Cadet mitgebracht hatte.

Systematisch versuchte ich jetzt, mich selbst kennenzulernen, und Jeanne, die mich niemals allein ließ, hatte es oft schwer, meine Entdeckungen zu deuten. Ich fand ein Herrenhemd, dessen Herkunft sie nicht erklären konnte, einen kleinen geladenen Revolver mit Perlmuttgriff, den sie nie gesehen hatte, und Briefe, deren Absender sie nicht kannte.

Trotz der Lücken machte ich mir nach und nach ein Bild von mir; aber so wie ich jetzt war, paßte es nicht zu mir. Ich war nicht so eingebildet, so töricht, so jähzornig. Ich hatte nicht das Bedürfnis, zu trinken, ungeschickte Dienstboten zu schlagen oder auf dem Dach eines Autos zu tanzen. Noch weniger lockte es mich, einem schwedischen Leichtathleten um den Hals zu fallen oder dem ersten besten jungen Mann, der mit schönen Augen und einem weichen Mund daherkam ... Gut, das alles mochte sich durch den Unfall geändert haben, das war nicht das eigentlich Bedenkliche. Vielmehr traute ich mir diese Herzenskälte nicht zu, die es mir erlaubt hatte, an dem Abend, als ich vom Tod der Patin Midola erfuhr, ein Fest zu geben und später sogar ihrer Beerdigung fernzubleiben.

«Und doch warst du genau so», wiederholte Jeanne. «Dabei kann man nicht einmal sagen, daß es einfach Herzenskälte war. Ich kannte dich gut. Du konntest sehr unglücklich sein. Das äußerte sich in lächerlichen Zornesausbrüchen und seit zwei Jahren in dem ausgesprochenen Bedürfnis, dein Bett mit aller Welt zu teilen. Wahrscheinlich fühltest du dich verlassen ... Bei einer Dreizehnjährigen spricht man freundlich von Drang nach Zärtlichkeit, Kummer eines Waisenkindes und Verlust der mütterlichen Wärme; bei einer Achtzehnjährigen gebraucht man dafür häßliche medizinische Ausdrücke.»

«Was habe ich Schreckliches getan?»

«Es war nicht schrecklich, es war kindisch.»

«Du antwortest nie auf meine Fragen! Du läßt mich irgend etwas denken, läßt mich in der Luft hängen, und ich stelle mir die schrecklichsten Dinge vor ... Du tust das absichtlich!»

«Trink deinen Kaffee», murmelte Jeanne.

Sie selbst entsprach auch wenig der Vorstellung, die ich mir am ersten Nachmittag und Abend von ihr gemacht hatte. Sie war verschlossen und wurde immer unnahbarer. In allem, was ich sagte oder tat, mißfiel ihr irgend etwas, und ich sah wohl, daß auch ihr dieser Zustand auf die Nerven ging. Lange Minuten hindurch beobachtete sie mich schweigend; dann plötzlich sprach sie sehr schnell und kam immer wieder auf den Brand zurück oder auf jenen noch weiter zurückliegenden Tag, an dem sie mich betrunken in Cap Cadet vorgefunden hatte.

«Es wäre wohl am besten, wenn ich fortginge.»

«Wir werden in einigen Tagen gehen.»

«Ich will zu meinem Vater. Warum darf ich nicht zu denen, die ich kannte?»

«Dein Vater ist in Nizza. Er ist alt. Es wäre nicht gut für ihn, dich in diesem Zustand zu sehen. Und was die anderen anbetrifft, so halte ich es für besser, noch etwas zu warten.»

«Ich nicht.»

«Ich wohl. Hör zu, mein Küken: Vielleicht genügen ein paar Tage, und alles fällt dir plötzlich wieder ein. Glaubst du, es ist so einfach, deinen Vater davon abzuhalten, dich zu besuchen? Er denkt, du seist noch in der Klinik. Glaubst du, es fällt mir leicht, all diese Flegel fernzuhalten? Ich will, daß du geheilt bist, wenn du sie siehst.»

Geheilt ... Ich hatte schon so viel über mich erfahren, ohne daß die Erinnerung zurückgekommen war. Ich glaubte nicht mehr an Heilung. Bei Dr. Doulin waren es die Spritzen, die Spielereien mit irgendwelchen Drähten, das Licht, das grell in meine Augen fiel, und das mechanische Schreiben, die mir helfen sollten. Er hatte mir erst in die rechte Hand gestochen und dann die Hand mit einem Schirm abgedeckt, damit ich nicht sehen konnte, was ich schrieb. Ich fühlte weder den Bleistift, den er zwischen meine Finger legte, noch die Bewegungen meiner Hand. Während ich drei Seiten füllte, ohne zu wissen, was ich schrieb, sprachen Dr. Doulin und sein Assistent mit mir von der Sonne des Südens und den Badefreuden am Meer. Wir hatten dieses Experiment schon zweimal gemacht, und es hatte sich nur herausgestellt, daß meine Schrift durch das Tragen der Handschuhe schrecklich verzerrt war. Dr. Doulin, dem ich jetzt auch nicht mehr vertraute als Jeanne, beteuerte, daß diese Sitzungen etwas aus dem Unterbewußtsein lösen könnten, so daß ich mich wieder erinnern würde. Ich hatte die Seiten gelesen, die ich geschrieben hatte. Es waren einzelne Wörter, unvollkommen, ‹Gedankenverschiebungen›, wie in den schlimmsten Tagen in der Klinik. Einige Ausdrücke wie Nase, Augen, Mund, Hände, Haare wiederholten sich ständig, so daß ich schließlich den Eindruck hatte, das Telegramm noch einmal zu lesen, das ich Jeanne geschickt hatte.

Das Ganze kam mir idiotisch vor.

Zu der großen Szene kam es am vierten Tag. Die Köchin war auf der anderen Seite des Hauses beschäftigt, der Diener war ausgegangen. Jeanne und ich saßen im Salon in bequemen Sesseln vor dem Feuer, denn ich fror immer. In der einen Hand hielt ich Briefe und Fotos, in der anderen eine leere Tasse.

Jeanne rauchte. Sie hatte Ringe unter den Augen. Meine Bitte, die Menschen sehen zu dürfen, die ich früher gekannt hatte, lehnte sie erneut ab.

«Ich will es nicht, verstehst du? Wie stellst du dir deine früheren Bekannten vor? Etwa als Engel, die vom Himmel gestiegen sind? O nein – deine Freunde würden eine so leichte Beute nicht wieder loslassen.»

«Ich, eine Beute? Wieso?»

«Wegen einer Zahl mit vielen Nullen ... Du wirst im November einundzwanzig. Dann wird das Testament der Raffermi eröffnet werden. Aber man braucht nicht erst auf die Eröffnung zu warten, um die vielen Milliarden Lire zu berechnen, die auf deinen Namen übergehen werden.»

«Das mußt du mir genauer erklären.»

«Ich dachte, du wüßtest es.»

«Ich weiß nichts, gar nichts! Du siehst doch, daß ich nichts weiß!»

Sie begann die Nerven zu verlieren. «Ich kann nicht mehr unterscheiden, was du weißt und was du nicht weißt! Ich werde an allem irre. Ich kann nicht mehr schlafen. Es wäre wirklich leicht für dich, Komödie zu spielen!» Sie warf ihre Zigarette ins Feuer. Die Uhr in der Eingangshalle schlug fünfmal.

Ich stand auf. «Eine Komödie? Was für eine Komödie?»

«Die Komödie ‹Gedächtnisschwund›», sagte sie. «Eine gute Idee, eine großartige Idee! Keine Verletzung, keine sichtbaren Spuren, und niemand weiß mit Bestimmtheit, daß du deine Erinnerung wirklich verloren hast – niemand außer dir!» Sie hatte sich ebenfalls erhoben; sie sah ganz entstellt aus.

Und ganz plötzlich wurde sie wieder Jeanne: Helle Haare, goldene Augen, ruhiges Gesicht, ein langer, schmaler Körper in einem weiten Rock, einen Kopf größer als ich. «Ich weiß nicht mehr, was ich sage, mein Herz.»

Meine rechte Hand holte aus, ehe ich sie zurückhalten konnte. Ich traf Jeanne auf den Mundwinkel. Ein heftiger Schmerz durchzuckte mich bis in den Nacken hinauf; ich fiel vornüber auf sie zu.

Sie packte mich an den Schultern, drehte mich um und zog mich an ihre Brust, um mich ganz festzuhalten. Meine Arme waren zu schwer, ich konnte mich nicht befreien.

«Beruhige dich», sagte sie.

«Laß mich los! Warum sollte ich die Komödie spielen? Mit welchem Ziel? Das mußt du mir ganz genau sagen, hörst du?»

«Beruhige dich, ich bitte dich!»

«Ich habe verrückte Dinge getan, du hast es mir oft genug wiederholt, aber ... Aber soweit kann man's doch gar nicht treiben! Warum auch? Erklär mir das! Laß mich los!»

«Beruhige dich endlich! Und schrei nicht so!»

Sie drängte mich zurück, setzte sich in ihren Sessel und zog mich mit Gewalt auf ihren Schoß. Einen Arm legte sie um meine Schultern, die andere Hand auf meinen Mund. Ihr Gesicht war hinter mir.

«Ich habe nichts gesagt. Oder ich habe nichts besonderes gesagt. Schrei nicht, man wird uns hören. Seit drei Tagen habe ich das Gefühl, verrückt zu werden. Du kannst es dir nicht vorstellen!»

Sie beging ihre zweite Unklugheit. Ihr Mund kam dicht an mein Ohr, und mit einem verbissenen, zornigen Flüstern, das mich mehr erschreckte als ihr Schreien, sagte sie:

«Du kannst in drei Tagen nicht solche Fortschritte gemacht haben, ohne es zu wollen! Wie kannst du gehen wie sie, lachen wie sie, sprechen wie sie, wenn du dich nicht erinnerst?»

Ich schrie auf unter ihrer Hand, und dann kam für einen kurzen

Augenblick wieder das Dunkle. Als ich die Augen wieder öffnete, lag ich ausgestreckt auf dem Teppich. Jeanne war über mich gebeugt, mit ihrem Taschentuch befeuchtete sie meine Stirn.

«Bewege dich nicht, mein Herz.»

Ich konnte das Mal meines Schlages in ihrem Gesicht sehen. Sie blutete ein wenig aus dem Mundwinkel. Es war also kein Albtraum. Ich beobachtete sie, während sie den Gürtel meines Rockes aufknöpfte und mich in ihren Armen wieder aufrichtete. Sie hatte Angst ... Auch sie hatte Angst.

«Trink, Chérie.»

Ich schluckte etwas sehr Scharfes und fühlte mich besser. Ich sah sie an und war ganz ruhig. Und ich gestand mir, daß ich jetzt in der Lage wäre, die Komödie wirklich zu spielen. Als sie mich an sich zog – «Komm, wir wollen uns wieder vertragen ...» – dicht neben mir auf dem Teppich kniend, schlang ich mechanisch meine Arme um ihren Hals. Ich war erstaunt und fast gerührt, plötzlich ihre Tränen auf meinen Lippen zu spüren.

In dieser Nacht schlief ich sehr spät ein. Stundenlang lag ich bewegungslos unter der Decke. Ich dachte an Jeannes Worte und versuchte zu ergründen, wie sie darauf verfallen sein mochte, ich täusche die Amnesie vielleicht nur vor. Ich versuchte, die Dinge aus ihrer Sicht zu sehen, fand aber keine Erklärung dafür. Ich ahnte auch nicht, was sie quälte, aber es war ganz klar, daß sie gute Gründe haben mußte, mich in einem Haus zu isolieren, in dem mich weder die Köchin noch der Diener kannten. Hinter diese Gründe konnte ich schon am nächsten Morgen kommen: Da sie sich weigerte, mich den Menschen zu zeigen, die ich gekannt hatte, würde es genügen, einen von ihnen aufzusuchen. Dann würde sich schon herausstellen, was sie zu verbergen trachtete. Ich würde es schon herausfinden.

Ich mußte einen meiner Pariser Freunde wiedersehen. Meine Wahl fiel auf den jungen Mann, dessen Anschrift ich auf der Rückseite eines Briefumschlages gelesen hatte. Er schrieb mir, ich würde ihm immer angehören.

Er hieß François Chance und wohnte am Boulevard Suchet. Jeanne hatte mir erzählt, er sei Rechtsanwalt und er habe bei der Mi, die ich früher war, wenig Aussichten gehabt.

Im Einschlafen durchdachte ich zwanzigmal den Plan, den ich mir zurechtgelegt hatte, um am nächsten Morgen Jeannes Aufsicht zu entfliehen. Plötzlich hatte ich die Vorstellung, daß mich diese Gedanken an einen Augenblick meines früheren Lebens erinnern könnten, aber das verging wieder. Der Schlaf überfiel mich, als ich zum zwanzigsten Mal in einer Pariser Straße aus einem weißen Fiat 1500 stieg.

Ich schlug die Tür zu.

«Du bist wahnsinnig! Warte!»

Sie stieg auch aus dem Wagen und erreichte mich auf dem Gehsteig. Ich wich ihrem Arm aus.

«Ich werde sehr gut zurechtkommen. Ich will nur ein wenig laufen, die Schaufenster ansehen und allein sein! Du verstehst doch, daß ich einmal allein sein muß?»

Ich zeigte ihr die Mappe, die ich in der Hand hielt. Dabei fielen die Zeitungsausschnitte heraus und flatterten auf den Gehsteig. Sie half mir, sie wieder aufzusammeln. Es waren Artikel über den Brand. Dr. Doulin hatte sie mir nach einer dieser Sitzungen mit den vielen Lampen, den Schreibtests und der erfolglosen Ermüdung gegeben. Verlorene Zeit; ich hätte es vorgezogen, sie nutzbringend anzuwenden und ihm meine wirklichen Sorgen zu gestehen. Aber leider bestand Jeanne darauf, an unseren Zusammenkünften teilzunehmen.

Sie faßte mich bei den Schultern; sie war groß, elegant und ihr goldenes Haar leuchtete in der Mittagssonne. Ich entwand mich ihr wieder.

«Du bist unvernünftig, Liebste», sagte sie. «Bald ist Essenszeit. Heute nachmittag werde ich mit dir eine Fahrt durch den Bois machen.»

«Nein. Ich bitte dich, Jeanne, es muß sein.»

«Gut, aber ich werde dir folgen.»

Sie verließ mich und stieg wieder in den Wagen. Sie war verletzt, aber nicht wütend, wie ich erwartet hatte. Ich ging etwa hundert Meter auf dem Gehsteig, vorbei an einer Gruppe junger Mädchen, die aus einem Büro oder Atelier kam, und überquerte eine Straße. Vor einem Wäschegeschäft blieb ich stehen. Als ich die Augen wandte, sah ich, etwa auf meiner Höhe, den Fiat neben der Parkreihe halten. Ich ging zu Jeanne zurück. Sie beugte sich über den leeren Sitz und drückte einen Kuß auf die Scheibe.

«Gib mir Geld», verlangte ich.

«Wozu brauchst du es?»

«Ich will etwas kaufen.»

«In dem Laden? Ich könnte dir aber viel bessere Geschäfte zeigen, als dieses da.»

«Ich möchte aber hier kaufen. Gib mir Geld. Viel Geld. Ich brauche eine Menge.»

Resigniert zog sie die Augenbrauen in die Höhe. Ich erwartete Vorwürfe, wie man sie einem Kind macht, aber sie sagte nichts. Sie öffnete ihre Handtasche, nahm alle Scheine heraus, die sie bei sich hatte, und reichte sie mir.

«Soll ich dir nicht beim Aussuchen helfen? Ich weiß am besten, was dir steht.»

«Ich werde sehr gut zurechtkommen.»

Gib mir Geld . . .

Als ich in den Laden trat, hörte ich hinter mir: «Vergiß nicht – Größe 42!» Der Verkäuferin, die mich an der Tür empfing, zeigte ich ein Kleid auf einer Schaufensterpuppe, Kombinationen, Wäsche und einen Pullover in der Auslage.

Ich sagte, ich hätte keine Zeit zur Anprobe und bat, alles in einzelne Pakete zu verpacken. Danach öffnete ich die Tür und rief Jeanne. Sie stieg verdrossen aus dem Auto.

«Es kostet mehr, als du mir gegeben hast ... Könntest du mir einen Scheck ausstellen?»

Sie trat vor mir in den Laden. Während sie den Scheck ausschrieb, nahm ich die ersten Pakete, die fertig waren, sagte, ich wolle sie in den Wagen bringen, und ging hinaus.

Ich hatte einen vorbereiteten Zettel in der Manteltasche, den heftete ich an das Armaturenbrett.

Beunruhige Dich nicht. Laß mich nicht suchen. Ich werde Dich zu Hause treffen oder Dich anrufen. Du hast nichts von mir zu fürchten. Ich weiß nicht, was Dich ängstigt, aber ich küsse Dich, wo ich Dich geschlagen habe, denn ich liebe Dich. Es tut mir leid, daß ich es tat. Und ich habe mich entschlossen, Deinen Lügen ähnlich zu werden.

Als ich fortging, trat ein Polizist auf mich zu und wies darauf hin, daß der Wagen nicht in der zweiten Reihe stehen dürfe. Ich antwortete, das gehe mich nichts an; es sei nicht mein Auto.

3. Kapitel

Das Taxi brachte mich zum Boulevard Suchet und hielt vor einem neuen Gebäude mit großen Fenstern. Ich fand den gesuchten Namen auf einem Schild am Eingang. Ich hatte eine unbestimmte Furcht vor dem Aufzug, so stieg ich zu Fuß zum dritten Stock hinauf. Ohne lange zu überlegen, klingelte ich an der Eingangstür. Es war mir gleichgültig, wen ich finden würde: einen Freund, einen Liebhaber oder einen Schurken.

Ein Mann von etwa dreißig Jahren öffnete. Er trug einen grauen Anzug, war groß und sah gut aus. In einem Zimmer hörte ich einige Leute miteinander sprechen.

«François Chance?»

«Nein, er ... ist nicht ... Er hat mir nicht gesagt, daß er verabredet ist.»

«Ich bin nicht mit ihm verabredet.»

Zögernd ließ er mich in einen großen Vorraum eintreten. Die Wände waren kahl, es gab keine Möbel; die Eingangstür blieb offen. Ich hatte nicht das Gefühl, dem jungen Mann schon begegnet zu sein, aber er betrachtete mich neugierig von Kopf bis Fuß. Schließlich fragte ich ihn, wer er sei.

«Wer ich ... Wie bitte? Wer sind denn Sie?»

«Ich bin Michèle Isola. Ich komme aus der Klinik. Ich kenne François. Ich möchte ihn sprechen.»

Der junge Mann kannte Michèle Isola auch, sein verwirrter Blick verriet es. Er faßte sich langsam, schüttelte einige Male zweifelnd den Kopf, sagte dann: «Entschuldigen Sie mich ...» und verschwand hastig in einem Zimmer im Hintergrund der Vorhalle. Er kam in Begleitung eines älteren Herrn zurück, der viel dicker war und lange nicht so gut aussah; er trug eine Serviette in der Hand und kaute noch.

«Micky!»

Er mochte um die fünfzig sein, hatte eine Stirnglatze und ein schlaffes Gesicht. Er warf dem Jüngeren die Serviette zu und eilte auf mich zu.

«Komm, wir wollen nicht hier stehen bleiben. Warum hast du mich nicht angerufen? Komm!»

Er zog mich in ein Zimmer und schloß die Tür. Dann legte er mir die Hände auf die Schultern und hielt mich prüfend auf Armeslänge von sich ab. Dieses Examen mußte ich mehrere Sekunden lang ertragen.

«Nun, wenn das eine Überraschung sein sollte, so ist sie dir gelungen!

Ich habe zwar Mühe, dich wiederzuerkennen, aber du bist reizend und siehst gesund aus. Setz dich! Erzähle! Was macht dein Gedächtnis?»

«Sie wissen das?»

«Natürlich weiß ich alles. Die Murneau hat mich noch vorgestern angerufen. Ist sie nicht mit dir gekommen?»

Dieses Zimmer mußte sein Büro sein. Ein großer Mahagonitisch war mit Akten bedeckt, ich sah ein paar einfache Sessel und viele Bücher in den Schränken.

«Wann bist du aus der Klinik gekommen? Heute morgen? Hoffentlich hast du keine Dummheiten gemacht.»

«Wer sind Sie?»

Er setzte sich mir gegenüber und ergriff meine behandschuhte Hand. Die Frage verwirrte ihn, aber an seinem Gesichtsausdruck – erstaunt, heiter, dann betrübt – konnte ich sehen, wie schnell sein Geist arbeitete.

«Du weißt nicht, wer ich bin und besuchst mich? Was ist denn los? Wo ist die Murneau?»

«Sie weiß nicht, daß ich hier bin.»

Ich merkte, daß er von einem Erstaunen ins andere fiel und daß alles sehr viel einfacher sein mußte, als ich gedacht hatte. Er ließ meine Hand fallen.

«Wenn du dich nicht an mich erinnerst, wie kannst du dann meine Adresse wissen?»

«Durch Ihren Brief.»

«Welchen Brief?»

«Den ich in der Klinik bekommen habe.»

«Ich habe dir nicht geschrieben.»

Jetzt war es an mir, die Augen aufzureißen. Er betrachtete mich wie man ein Tier ansieht, und ich las in seinem Gesicht Zweifel – nicht an meinem Gedächtnis, wohl aber an meinem Verstand.

«Warte einen Augenblick. Bleib ruhig sitzen», sagte er plötzlich und stand auf.

Ich war gleichzeitig mit ihm auf den Füßen und versperrte ihm den Weg zum Telefon. Gegen meinen Willen erhob ich die Stimme:

«Nein ... Tun Sie es nicht! Hören Sie – ich habe einen Brief erhalten; Ihre Adresse stand auf dem Umschlag. Ich bin gekommen, um zu erfahren, wer Sie sind und ... und damit Sie mir sagen, wer ich bin!»

«Beruhige dich doch! Ich begreife nicht, was du willst. Wenn die Murneau nicht Bescheid weiß, muß ich sie anrufen. Ich weiß nicht, wie du aus dieser Klinik herausgekommen bist, aber offensichtlich hat es dir niemand erlaubt.»

Er packte mich wieder bei den Schultern und wollte mich in den Sessel setzen, den ich gerade verlassen hatte. Er war plötzlich leichenblaß, nur auf seinen Wangen brannten dunkelrote Flecke.

«Ich flehe Sie an, Sie müssen mir alles erklären! Ich habe mir vielleicht dumme Gedanken gemacht, aber ich bin nicht verrückt ... Bitte!»

Es gelang ihm nicht, mich in den Sessel zu drücken; er gab es auf. Statt dessen wollte er wieder zum Telefon greifen, das auf dem Tisch stand; ich hielt seinen Arm fest.

«Beruhige dich», sagte er. «Ich meine es gut mit dir. Ich kenne dich seit Jahren.»

«Wer sind Sie?»

«Ich bin doch François ... Ach so. Also: Ich bin Anwalt. Ich arbeite für die Raffermi. Ich führe ihr ‹Register›.»

«Ihr Register?»

«Ja. So eine Art von Rechnungsbuch ... Eine Liste der Leute, die einmal für sie gearbeitet haben und für die sie sorgt. Ich war mit ihr befreundet, aber es würde zu weit führen, dir das zu erklären. Und ich bearbeitete ihre Verträge in Frankreich, verstehst du ... Setz dich doch endlich!»

«Sie haben mir nach dem Unfall nicht geschrieben?»

«Nein. Die Murneau hatte mich gebeten, es nicht zu tun. Ich habe, wie alle anderen, Nachrichten über dich erhalten, aber ich habe dir nicht geschrieben. Was hätte ich dir auch schreiben sollen?»

«Daß ich Ihnen immer gehören sollte.»

Als ich mir die Worte noch einmal wiederholte, wurde mir klar, warum es idiotisch war, sich vorzustellen, dieser Mann mit dem Doppelkinn, der mein Vater hätte sein können, habe diesen Brief geschrieben.

«Was? Das ist ja lächerlich! Das würde ich mir nie erlaubt haben! Wo ist dieser Brief?»

«Ich habe ihn nicht.»

«Hör zu, Micky: Ich weiß nicht, was in deinem Kopf vorgeht. In deiner augenblicklichen Verfassung könntest du dir alles mögliche einbilden. Aber ich bitte dich, laß mich mit der Murneau telefonieren!»

«Gerade Jeanne hat mich auf den Gedanken gebracht, Sie zu besuchen. Ich habe einen Liebesbrief von Ihnen bekommen, dann hat Jeanne mir gesagt, Sie hätten niemals eine Chance bei mir gehabt: Was soll ich da denken?»

«Hat die Murneau diesen Brief gelesen?»

«Ich weiß es nicht.»

«Das verstehe ich nicht», murmelte er. «Wenn sie dir gesagt hat, ich hätte keine Chance bei dir, dann ... Hör mal, vielleicht war es – na, ein Wortspiel oder so? Hat sie vielleicht auf etwas ganz anderes angespielt? Wahrhaftig, du hast mir eine Menge Scherereien gemacht.»

«Scherereien?»

«Lassen wir das, ich bitte dich! Das bezieht sich auf deine törichten Schulden und auf verbeulte Kotflügel, es ist nicht wichtig. Setz dich, sei nett und laß mich telefonieren. Hast du wenigstens schon was gegessen?»

Ich brachte nicht den Mut auf, ihn noch einmal zurückzuhalten. So ließ ich ihn um den Tisch herumgehen und die Nummer wählen, während ich mich langsam zur Tür zurückzog. Er horchte auf das Rufzeichen und ließ mich nicht aus den Augen, aber es war offensichtlich, daß er mich nicht wahrnahm.

«Weißt du, ob sie jetzt zu Hause ist?»

Er hängte ein und wählte von neuem die Nummer. Zu Hause? Jeanne hatte offenbar weder ihm noch anderen erzählt, wo sie mich festhielt – er glaubte ja, ich hätte die Klinik erst an diesem Morgen verlassen. Bevor sie mich holte, mußte Jeanne mehrere Wochen lang woanders gewohnt haben; dort hatte er angerufen.

«Es antwortet niemand.»

«Wohin telefonieren Sie?»

«Natürlich Rue Courcelles. Ißt sie vielleicht auswärts?»

Als ich schon im Vorzimmer war und die Eingangstür öffnete, hörte ich ihn «Micky!» hinter mir herrufen. Niemals vorher waren meine Beine so schwer gewesen, aber die Treppenstufen waren breit, die Schuhe der Patin Midola saßen gut. Ich schaffte es.

Eine Viertelstunde lief ich in der Gegend von Porte d'Auteuil durch leere Straßen. Dabei merkte ich, daß ich die Mappe mit den Zeitungsausschnitten von Dr. Doulin noch immer unter dem Arm trug. Vor einem Schaufensterspiegel vergewisserte ich mich, daß meine Mütze richtig saß. Ich sah ein gutangezogenes junges Mädchen mit verzerrten Gesichtszügen. Und dahinter den jungen Mann, der bei François Chance die Tür geöffnet hatte.

Ich konnte es nicht unterlassen, meine freie Hand auf den Mund zu legen, dabei drehte ich mich mit einem Ruck um. Die Bewegung war zu hastig. Der wohlbekannte Schmerz durchzuckte mich wieder.

«Hab keine Angst, Micky. Ich bin dein Freund. Komm! Ich muß mit dir sprechen.»

«Wer sind Sie.»

«Du brauchst nichts zu fürchten. Bitte komm! Ich muß in Ruhe mit dir sprechen.»

Vorsichtig nahm er meinen Arm. Ich ließ es geschehen. Er konnte mich nicht mit Gewalt zu François Chance zurückbringen, dazu war es zu weit.

«Sind Sie mir gefolgt?»

«Ja. Als du so plötzlich gekommen bist, habe ich den Kopf verloren. Ich habe dich nicht wiedererkannt und du schienst mich auch nicht zu kennen. Ich habe vor dem Haus im Wagen auf dich gewartet, aber du bist so schnell fortgegangen, daß ich nicht hinter dir herlaufen konnte.

Dann bist du in eine Einbahnstraße eingebogen, so daß ich dir nicht folgen konnte. Ich hatte Mühe, dich wiederzufinden.»

Er ließ meinen Arm nicht los, bis wir seinen Wagen erreicht hatten. Die schwarze Limousine war auf einem Platz abgestellt, den ich vorher überquert hatte.

«Wohin bringen Sie mich?»

«Wohin du willst. Du hast noch nicht gegessen ... Erinnerst du dich an *Chez Reine*?»

«Nein.»

«Ein Restaurant. Wir waren oft dort, du und ich. Micky, ich schwöre dir, du brauchst keine Angst zu haben.»

Er drückte meinen Arm und sprach sehr schnell:

«Du wolltest zu *mir* heute morgen. Ich hätte nicht gedacht, daß du jemals zurückkommen würdest. Ich dachte, diese ... Nun ja, weil du dich nicht erinnern kannst. Ich wußte nicht mehr, was ich denken sollte.»

Er hatte sehr dunkle, glänzende Augen; seine Stimme war nicht unangenehm und paßte gut zu seiner Nervosität. Er kam mir stark vor. Und sehr erregt. Ich hätte nicht sagen können, warum, aber ich mochte ihn nicht. Andererseits hatte ich auch keine Angst mehr.

«Sie haben an der Tür gehorcht?»

«Ich konnte es im Vorzimmer hören. Bitte, steig ein ... Der Brief war von mir. Ich heiße auch François. François Roussin. Du hast das durcheinander gebracht, wegen der Adresse ...»

Als ich im Wagen neben ihm saß, bat er mich, ihn wie früher zu duzen. Ich war unfähig, einen zusammenhängenden Gedanken zu fassen. Ich sah, wie seine Hand zitterte, als er nach dem Zündschlüssel griff, und wunderte mich. Ich wunderte mich noch mehr, daß ich nicht selbst zitterte. Ich hätte diesen Mann lieben müssen, denn er war mein Geliebter. Es war ganz natürlich, daß er nervös war, weil er mich wiedergefunden hatte. Ich fühlte mich wie abgestorben. Wenn ich erschauerte, dann vor Kälte. Nichts war wirklich außer der Kälte.

Ich hatte meinen Mantel nicht abgelegt. Ich hatte das Gefühl, daß der Wein mich erwärmte; so trank ich zuviel, und meine Gedanken waren nicht mehr ganz klar.

Ich hatte ihn im vorigen Jahr bei François Chance, wo er arbeitete, kennengelernt. Im Herbst war ich zehn Tage in Paris gewesen. Die Art, mit der er von dem Beginn unserer Verbindung sprach, ließ vermuten, daß er nicht mein erster Liebhaber gewesen war und daß ich ihn einfach von seiner Arbeit abgehalten hatte, um mich mit ihm in einem Hotel in Milly la Forêt einzuschließen. Als ich nach Florenz zurückgekehrt war, hatte ich ihm glühende Liebesbriefe geschrieben – er könne sie mir zeigen. Offenbar hatte ich ihn betrogen, aber das sei aus Trotz, aus Ärger über ein langweiliges Leben ohne ihn geschehen. Es war mir nicht gelungen, ihm über meine Tante eine angebliche Geschäftsreise nach Italien zuzuschustern. Wir hatten uns im Januar dieses Jahres wiedergetroffen, als ich nach Paris gekommen war. Große Leidenschaft.

Das Ende der Geschichte – sie mußte durch den Unfall zwangsläufig ein Ende gefunden haben – kam mir reichlich unklar vor. Vielleicht lag es auch am Wein, aber von dem Moment an, in dem Domenica Loï auf der Szene erschien, wurde es immer verwirrender ...

Es gab Streit, nichteingehaltene Verabredungen, noch einmal Streit, in dessen Verlauf ich ihn geohrfeigt hatte, eine weitere Auseinandersetzung, bei der ich zwar nicht geohrfeigt, aber Do dermaßen verprügelt hatte, daß die Spuren meiner Schläge noch acht Tage lang zu sehen waren. Bei einem weiteren Zwischenfall, der in keinem erkennbaren Zusammenhang mit den übrigen Ereignissen zu stehen schien, ging es um eine Taktlosigkeit von ihm, Do oder mir. Danach ging alles völlig durcheinander: Eifersucht, eine Kneipe am Etoile, der verdächtige Einfluß einer teuflischen Person (Do), die mich von ihm (François) trennen wollte; im Juni eine plötzliche Abreise im MG, unbeantwortete Briefe, die Rückkehr des Drachens (Jeanne), der immer verdächtiger werdende Einfluß der teuflischen Person auf den Drachen, eine sorgenvolle Stimme (Mi) am Telefon während eines Gesprächs von Paris nach Cap Cadet, das fünfundzwanzig Minuten gedauert und ihn ein Vermögen gekostet hatte.

Er sprach unausgesetzt und aß fast nichts. Er bestellte eine zweite Flasche Wein, regte sich immer mehr auf und rauchte zuviel. Er merkte, daß mir seine Geschichte unglaubwürdig vorkam, und sprach immer dringender auf mich ein. Ich hatte einen Eiskloß in der Brust. Als ich plötzlich an Jeanne dachte, hätte ich am liebsten die Arme auf den Tisch gelegt und den Kopf darauf gebettet, um zu schlafen oder zu weinen. Sie würde mich finden, sie würde meine Mütze zurechtrücken und mich weit fortbringen, fort von dieser nicht unangenehmen Stimme ohne Timbre, von dem Geschirrklappern und dem Rauch, der mir in die Augen stach ...

«Gehen wir!»

«Bitte noch eine Sekunde. Geh nicht fort! Ich muß mit dem Büro telefonieren.»

Ich wäre allein gegangen, wenn ich nicht so erstarrt und angewidert gewesen wäre. So zündete ich mir eine Zigarette an, die ich nicht vertragen konnte und nach ein paar Zügen auf meinem Teller wieder ausdrückte. Ich überlegte, daß diese Geschichte, anders erzählt, mir weniger häßlich vorgekommen wäre, ja, vielleicht hätte ich mich sogar darin wiedererkannt. Wenn man nur das Äußere ansieht, ist alles unwahr.

Aber wer außer mir konnte wissen, was in diesem kleinen, leichtsinnigen Geschöpf vorging? Wenn ich je mein Gedächtnis wiederfand, würden dieselben Ereignisse wahrscheinlich ganz anders klingen.

«Komm!» sagte er. «Du kannst dich ja kaum aufrecht halten. Ich bleibe bei dir.»

Er nahm wieder meinen Arm und öffnete eine Glastür. Draußen schien noch die Sonne. Ich setzte mich in sein Auto. Wir fuhren durch abschüssige Straßen.

«Wohin fahren wir?»

«Zu mir. Hör zu, Micky, ich weiß, daß ich das alles sehr schlecht erzählt habe; ich möchte, daß du es vergißt. Wenn du ein wenig geschlafen hast, werden wir noch einmal darüber sprechen. Die Erinnerung an die Schocks und Aufregungen muß dich ja erschreckt haben. Verurteile mich nicht zu schnell.»

Wie Jeanne es getan hatte, legte er beim Fahren eine Hand auf mein Knie. «Es ist wunderbar, dich wiederzuhaben.»

Als ich erwachte, dämmerte es bereits. Seit den Tagen in der Klinik hatte ich nicht solche Kopfschmerzen gehabt wie jetzt. François rüttelte mich am Arm.

«Ich habe dir Kaffee gemacht. Ich bring ihn gleich.»

Ich befand mich in einem Zimmer mit schlecht zueinander passenden Möbeln. Die Vorhänge waren zurückgezogen. Das Bett, auf dem ich in Rock und Pullover lag, eine Decke auf den Knien, war ein Faltbett, und ich stellte mir François vor, wie er es herrichtete. Auf einem kleinen Tisch sah ich in einem silbernen Rahmen eine Fotografie von mir – von der Person, die ich ‹vorher› gewesen war. Vor einem Sessel, der dem Bett zugekehrt stand, lagen auf dem Teppich verstreut die Zeitungsausschnitte von Dr. Doulin. François mußte sie gelesen haben, während ich schlief.

Er kam mit einer dampfenden Tasse zurück. Der Kaffee tat mir wohl. Lächelnd sah er mir beim Trinken zu; er war in Hemdsärmeln und sah, wie er so mit den Händen in den Hosentaschen vor mir stand, sehr zufrieden mit sich aus.

Ich schaute auf meine Uhr. Sie war stehengeblieben. «Habe ich lange geschlafen?»

«Es ist sechs Uhr. Fühlst du dich besser?»

«Ich bin noch entsetzlich müde. Und ich habe Kopfweh.»

«Brauchst du irgend etwas?» fragte er.

«Ich weiß nicht . . .»

«Soll ich einen Arzt holen?» Er setzte sich auf die Bettkante, nahm mir die leere Tasse ab und stellte sie auf den Teppich.

«Es wäre vielleicht besser, Jeanne anzurufen.»

«Es ist ein Arzt im Hause, aber ich habe kein Telefon. Außerdem muß ich dir gestehen, daß ich keine Lust habe, sie hier bei mir aufkreuzen zu sehen.»

«Magst du sie nicht?»

Er lachte und nahm mich in seine Arme. «Ich erkenne dich wieder», sagte er. «Du hast dich nicht wirklich verändert. Es gibt immer Menschen, die man mag, und andere, die man nicht mag ... Nein, bleib! Nach all der Zeit habe ich wohl das Recht, dich in den Armen zu halten.» Er bog meinen Kopf nieder, fuhr mit der Hand durch meine Haare und küßte mich sanft auf den Nacken.

«Nein, ich mag sie nicht. Wenn es nach dir ginge, müßte man jeden lieben. Sogar dieses arme Mädchen, das doch weiß Gott ...»

Er hörte auf, mich zu küssen und wies auf die Zeitungsausschnitte auf dem Teppich. «Ich habe das gelesen. Ich hatte schon das eine oder andere erfahren, aber alle diese Einzelheiten sind schrecklich. Ich bin froh, daß du sie da herausziehen wolltest ... Laß mich deine Haare ansehen.»

Ich legte schnell eine Hand auf meinen Kopf. «Nein, bitte nicht.»

«Mußt du diese Handschuhe tragen?» fragte er.

«Bitte!»

Er drückte einen Kuß auf meine behandschuhte Hand, hob sie vorsichtig auf und küßte meine Haare.

«Deine Haare verändern dich am meisten. Während des Essens hatte ich manchmal plötzlich das Gefühl, mit einer Fremden zu sprechen. Und doch ...» Er nahm mein Gesicht in seine Hände, zog mich ganz nah zu sich und sah mich lange an. «Und doch bist du es. Du bist wirklich Micky. Ich habe dich schlafen gesehen. Ich habe dich oft schlafen gesehen, du weißt es. Plötzlich hattest du wieder dasselbe Gesicht.»

Er küßte mich auf den Mund. Zuerst mit einem kurzen, trocknen Kuß, um zu sehen, wie ich mich verhalten würde, dann küßte er mich lange. Wieder erstarrte ich, aber es war ganz anders als vorhin beim Essen; es war ein süßes Ziehen in allen meinen Gliedern. Es war eine Empfindung, die aus der Zeit vor der Klinik, vor dem weißen Licht kam, ganz einfach eine Empfindung ‹von vorher›. Ich bewegte mich nicht. Ich war wachsam, ich hatte die unsinnige Hoffnung, alles bei einem Kuß wiederzufinden. Schließlich befreite ich mich, denn ich konnte nicht mehr atmen.

«Glaubst du mir jetzt?» fragte er. Eine braune Haarsträhne hing ihm in die Stirn und er lächelte zufrieden.

Dieser kleine Satz verdarb alles. Ich wandte mich noch mehr von ihm ab. «Bin ich oft in dieses Zimmer gekommen?»

«Nein, nicht sehr oft. Ich kam meistens zu dir.»

«Wohin?»

«Erst in das Hotel in der Rue Lord Byron, und später in die Rue de Courcelles ... Warte, ich habe einen Beweis!»

Er sprang auf, öffnete ein paar Schubfächer und kam mit einem kleinen Schlüsselbund zurück. «Du gabst sie mir, als du in die Rue de Courcelles gezogen warst. Manchmal haben wir abends nicht zusammen gegessen, aber dann trafen wir uns später dort.»

«Ich hatte eine Wohnung?»

«Nein, ein kleines Haus. Sehr hübsch. Die Murneau wird es dir zeigen. Oder wenn du willst, gehen wir zusammen hin ...»

«Erzähle!»

Wieder lachte er und nahm mich in seine Arme. Ich ließ mich auf das Bett gleiten und behielt die harten Schlüssel in der Hand.

«Was soll ich erzählen?»

«Von uns. Von Jeanne und Do.»

«Von uns, das ist interessant. Von uns, ja: aber nicht von Jeanne Murneau und auch nicht von der anderen. Ihretwegen bin ich nicht mehr gekommen.»

«Warum?»

«Sie hatte dir den Kopf verdreht. Seit du sie bei dir aufgenommen hattest, ging es mit uns nicht mehr. Du warst verrückt. Du hattest verrückte Ideen.»

«Wann war das?»

«Ich weiß es nicht mehr. Bis ihr dann zusammen in den Süden gingt.»

«Wie war sie?»

«Hör zu, sie ist tot. Ich sage nicht gern Schlechtes über die Toten. Außerdem, was bedeutet es jetzt noch, wie sie war? Du sahst sie anders: Liebenswürdig, ein reizendes Mädchen, das sich für dich den Kopf hätte abschlagen lassen. Und so klug ... Sie muß wirklich klug gewesen sein. Sie verstand es, dich und die Murneau zu gängeln. Es fehlte nicht viel, und sie hätte auch Mama Raffermi gegängelt.»

«Sie kannte meine Tante?»

«Glücklicherweise nicht. Aber du kannst sicher sein, wenn deine Tante einen Monat länger gelebt hätte, dann hätte sie sie kennengelernt, das kannst du mir glauben, und ihren Anteil vom Vermögen bekommen. Du warst bereit, sie deiner Tante vorzustellen. Die Kleine war darauf versessen, Italien kennenzulernen.»

«Warum denkst du, sie habe mich gegen dich beeinflußt?»

«Weil ich sie störte.»

«Warum?»

«Wenn ich das wüßte! Sie glaubte, du würdest mich heiraten. Es war ein Fehler von dir, mit ihr über unsere Pläne zu sprechen. Und es ist ein Fehler von uns, jetzt über all das zu sprechen. Schluß damit!»

Er küßte mich auf den Nacken und auf den Mund, aber ich empfand nichts mehr; ich war ganz stumpf und versuchte meine Gedanken zu ordnen.

«Warum sagtest du vorhin, du seist froh, das ich versucht habe, sie während des Brandes aus ihrem Zimmer zu ziehen?»

«Ich hätte sie darin krepieren lassen. Und ... Ach, lassen wir das, Micky.»

«Und was? Ich will es wissen!»

«Als ich es erfuhr, war ich in Paris. Ich verstand nicht ganz, was geschehen war. Ich habe mir Gott weiß was vorgestellt. Ich glaubte nicht an einen Unfall, wenigstens nicht an einen zufälligen Unfall.»

Ich war sprachlos. Er war verrückt! Er sagte entsetzliche Sachen und schob dabei langsam mit einer Hand meinen Rock hoch, mit der anderen knöpfte er den Kragen meines Pullovers auf. Ich versuchte, mich aufzurichten.

«Laß mich!»

«Siehst du! Hör doch auf, an all das zu denken!»

Er stieß mich gewaltsam auf das Bett zurück. Ich wollte diese Hand, die an meinen Beinen entlangstrich, wegschieben, aber er stieß meine fort und tat mir weh.

«Laß mich!»

«Hör doch mal, Micky ...!»

«Warum hast du geglaubt, daß es kein Unfall war?»

«Herrje! Man muß total verrückt sein, um an einen Unfall zu glauben, wenn man die Murneau kennt! Man muß verrückt sein, um zu glauben, sie hätte in den drei Wochen, die sie da unten war, eine fehlerhafte Gasleitung übersehen. Sie war einwandfrei, diese Leitung – das ist so sicher wie das Amen in der Kirche!»

Ich wehrte mich mit aller Kraft. Er ließ nicht von mir ab. Meine Abwehr reizte ihn nur noch mehr. Er zerriß meinen Pullover. Dann merkte er, daß ich weinte, und ließ mich los.

Ich suchte meinen Mantel und meine Schuhe. Ich hörte nicht, was er sagte. Ich hob die Zeitungsausschnitte auf und warf sie in die Mappe. Ich merkte, daß ich die Schlüssel, die er mir gegeben hatte, noch immer in der Hand hielt. Ich steckte sie in die Manteltasche.

Er wartete an der Tür, um mir den Durchgang zu versperren, dabei sah er niedergeschlagen und seltsam unterwürfig aus. Mit dem Handrücken trocknete ich mir die Augen und sagte ihm, falls er mich wiedersehen wolle, müsse er mich jetzt gehen lassen.

«Es ist verrückt, Micky. Bestimmt, es ist verrückt! Seit Monaten denke ich an dich. Ich weiß nicht, was über mich gekommen ist.»

Er blieb auf dem Treppenabsatz stehen, um mir nachzusehen. Traurig, häßlich, lüstern und verlogen. Ein Schuft.

Ich wanderte lange Zeit durch die Straßen. Je mehr ich nachdachte, desto mehr verwirrten sich meine Gedanken. Der vom Nacken ausgehende Schmerz strahlte in den Rücken aus, die ganze Wirbelsäule entlang. Und mein Entschluß war vielleicht nur eine Folge meiner Müdigkeit.

Anfangs war ich gelaufen, um ein Taxi zu finden; dann einfach, um zu laufen. Ich hatte wenig Lust, nach Neuilly zurückzukehren und Jeanne zu treffen. Ich dachte daran, sie anzurufen, aber ich hätte es nicht vermeiden können, von dem Gasrohr zu sprechen. Ich hatte Angst, ihr nicht zu glauben, falls sie sich verteidigte.

Ich fror. Um mich aufzuwärmen, ging ich in ein Café. Beim Bezahlen merkte ich, daß sie mir viel Geld gegeben hatte, zweifellos genug, um mehrere Tage davon zu leben. Leben, das bedeutete in diesem Augenblick nur eines: mich ausstrecken können, schlafen können. Auch hätte ich mich gern gewaschen und meine Kleider und Handschuhe gewechselt.

Ich ging weiter und trat in der Nähe des Bahnhofs Montparnasse in ein Hotel. Ich wurde nach meinem Gepäck gefragt und ob ich ein Zimmer mit Bad wünsche, dann mußte ich einen Anmeldezettel ausfüllen. Ich zahlte im voraus.

Ich ging gerade hinter einem Zimmermädchen die Treppe hinauf, als der Geschäftsführer hinter mir herrief:

«Mademoiselle Loï, möchten Sie morgen früh geweckt werden?»

Ich antwortete, es sei nicht nötig. Dann drehte ich mich um, am ganzen Körper erstarrt, und auch mein Verstand war vor Entsetzen wie erstarrt, denn ich hatte es vorher gewußt, ich wußte es schon lange, ich wußte es schon immer ...

«Wie haben Sie mich genannt?»

Er betrachtete den Zettel, den ich ausgefüllt hatte. «Mademoiselle Loï. Stimmt es nicht?»

Ich stieg wieder hinunter. Noch einmal versuchte ich, eine alte Furcht zurückzudrängen. Es konnte nicht wahr sein; das war ganz einfach eine Fehlhandlung meines Unterbewußtseins, hervorgerufen durch das Gespräch vorhin, das sich um sie gedreht hatte, und durch die Müdigkeit ...

Dies hatte ich auf den gelben Meldezettel geschrieben: *Loï, Domenica Lella Marie, geboren am 4. Juli 1939 in Nizza (Alpes-Maritimes), Französin, Bankangestellte.*

Die Unterschrift lautete *Doloï*, in einem Wort und sehr deutlich geschrieben und von einem ungeschickten und hastigen ovalen Schnörkel umrahmt.

Ich zog mich aus und ließ ein Bad einlaufen. Bevor ich in die Wanne stieg, legte ich die Handschuhe ab. Aber dann war es mir unangenehm, meinen Körper mit den Händen zu berühren und ich zog sie wieder an.

Ich fühlte mich matt und niedergeschlagen. Ich wußte nicht mehr, in welchem Sinn ich alles durchdenken sollte, so dachte ich gar nicht. Das warme Wasser tat mir wohl. Als ich aus dem Bad stieg, sah ich nach der Uhr. Sie war um drei Uhr nachmittags stehengeblieben; ich hatte sie nicht aufgezogen.

Ich trocknete mich ab und zog mit schmerzenden Händen und nassen Handschuhen meine Wäsche an. Der Schrankspiegel zeigte mir das Bild eines leblosen Wesens mit schmalen Hüften, das barfuß durchs Zimmer ging und dessen Gesicht beinahe unmenschlich war. Ich trat ganz nah an den Spiegel heran und fand, daß das Bad die erschreckenden Linien unter den Augenbrauen, an der Nase, am Kinn und an den Ohren noch verstärkt hatte. Die Narben unter den Haaren waren angeschwollen und ziegelrot.

Ich warf mich aufs Bett, vergrub den Kopf in den Armen und blieb eine lange Zeit so liegen. Ich hatte nur einen Gedanken. Ich sah ein Mädchen vor mir, das freiwillig seinen Kopf und seine Hände ins Feuer streckte ...

Nein! Das war doch unmöglich. Wer konnte diesen Mut aufbringen? Auf einmal wurde mir bewußt, daß Dr. Doulins Mappe direkt neben mir lag.

Als ich die Artikel heute morgen zum erstenmal gelesen hatte, waren sie in Übereinstimmung mit Jeannes Bericht gewesen. Beim nochmaligen Durchlesen entdeckte ich Einzelheiten, die mir vorher bedeutungslos vorgekommen waren, mich jetzt aber stutzig machten.

Weder das Geburtsdatum von Domenica Loï noch ihre anderen Vornamen waren erwähnt. Es hieß nur, daß sie einundzwanzig Jahre alt gewesen sei. Aber da der Brand am 4. Juli ausbrach, war hinzugefügt, daß die Unglückliche in der Nacht zu ihrem Geburtstag umgekommen sei.

Flüchtig dachte ich daran, daß mir die Vornamen und das Geburtsdatum von Do so vertraut sein könnten, daß ich deswegen *Loï* statt *Isola* geschrieben hatte: Meine Müdigkeit und das Grübeln über Do mochten als Erklärung ausreichen. Aber sie erklärten nicht die vollständige Verschmelzung, die aus dem genau ausgefüllten Zettel und dieser abgeschmackten Schülerinnenunterschrift sprach.

Andererseits: Jeanne konnte sich nicht irren. Seit dem ersten Abend hatte sie mir beim Baden geholfen; sie kannte mich schon jahrelang, und wenn auch mein Gesicht verwandelt war, mein Körper, mein Gang und meine Stimme waren es nicht. Es war möglich, daß Do die gleiche Figur hatte wie ich, vielleicht auch die gleiche Augenfarbe und sogar das gleiche braune Haar – für Jeanne war eine Verwechslung nicht möglich. Die Linie des Rückens oder einer Schulter, die Form des Beines würden mich verraten haben.

Ich dachte das Wort *verraten.* Das war seltsam. Seltsam wie schon vorher das Tasten meiner Gedanken nach einer Erklärung, die ich nicht gelten lassen wollte. Und seltsam war auch das fortwährende Bemühen, die offensichtlichen Zeichen zu mißachten, bis ein Hotelzettel mir alles offenbarte.

Ich war nicht ich! Sogar die Unfähigkeit, meine Vergangenheit wiederzufinden, war ein Beweis. Wie konnte ich eine Vergangenheit wiederfinden, die nicht die meine war?

Anfangs hatte Jeanne mich nicht wiedererkannt. Mein Lachen, mein Gang und wohl auch andere Eigenschaften hatten sie befremdet; vielleicht schrieb sie manches auch meinem Gesundheitszustand zu, aber sie war beunruhigt und wurde allmählich distanzierter.

Das war es, was ich hatte herausfinden wollen, als ich ihr heute entfloh. Dieses *Ich schlafe nicht mehr!* Dieses *Wie kannst du ihr so ähnlich sehen?* Ich glich Do, wahrhaftig! Jeanne wollte es, wie ich, nicht wahrhaben, aber jede Bewegung von mir zerriß ihr das Herz, jede Nacht des Zweifels vertiefte die Ringe unter ihren Augen.

Trotz allem gab es eine Lücke in dieser Beweisführung: Die Brandnacht. Jeanne war dort gewesen. Sie hatte mich am Fuße der Treppe gefunden, und ganz bestimmt hatte sie mich auch nach La Ciotat und nach Nizza begleitet. Man hatte sie auch gebeten, den Körper der Toten zu identifizieren, bevor die Eltern es tun konnten. Sogar mit meinen Brandwunden mußte ich zu erkennen gewesen sein ... Ein Irrtum war für Fremde möglich, nicht aber für Jeanne.

Es gab noch eine andere Möglichkeit. Sie war noch schrecklicher, aber auch noch viel einfacher. *Es wäre wirklich leicht für dich, Komödie zu spielen,* hatte Jeanne gesagt ... Sie hatte Angst, Angst vor mir. Nicht, weil ich Do immer ähnlicher wurde, sondern weil ... Sie wußte, daß ich Do war!

Sie wußte es seit der Brandnacht. Es widerstrebte mir, herauszufinden, warum sie geschwiegen und gelogen hatte. Es war widerwärtig, sich vorzustellen, daß Jeanne absichtlich die Überlebende für die Tote ausgab, um ihre kleine Erbin bis zur Testamentseröffnung am Leben zu erhalten.

Sie hatte geschwiegen, aber es gab einen Zeugen ihrer Lüge: die Überlebende. Darum konnte sie nicht mehr schlafen. Sie hatte die Zeugin isoliert. Sie wußte nicht, ob die Zeugin Theater spielte oder nicht. Auf alle Fälle mußte sie weiterlügen. Jeanne war nicht ganz sicher, ob sie sich geirrt hatte oder ob ihr Gedächtnis sie täuschte; gar nichts war sicher. Wie sollte sie nach dreimonatiger Trennung ein Lachen, ein Schönheitsmal erkennen, wenn das neuerliche Zusammenleben erst drei Tage währte? Sie hatte alles zu fürchten. Zunächst von denen, die die Tote gut gekannt hatten und die den Betrug entdecken konnten; vor allem aber von mir, die sie vor den anderen verbarg. Sie wußte nicht, wie ich reagieren würde, wenn ich mein Gedächtnis erst wiederfand.

Eine weitere Lücke: Jeanne fand zwar in der Brandnacht ein Mädchen ohne Gesicht und ohne Hände, aber sie konnte nicht wissen, daß es ein willenloses Werkzeug sein würde – weder im Hinblick auf die Vergangenheit noch auf die Zukunft. Es war unwahrscheinlich, daß sie solche Risiken auf sich nehmen würde. Wenn nicht ...

Wenn nicht die Zeugin ebenso viele Gründe zum Schweigen hätte wie Jeanne. Es kam nicht mehr darauf an; ich war nun schon im Begriff, mir die entsetzlichsten und absurdesten Dinge auszumalen ... Wenn Jeanne nicht begriffen hatte, daß sie mich in der Hand hatte. An diesem Punkt fiel mir François' Verdacht über die Ursache des Brandes ein. Auch ich konnte mir nicht vorstellen, daß Jeanne ein so entscheidender Fehler bei der Installation entgangen wäre. Also war der Defekt absichtlich nicht beseitigt ... Ja, er war vielleicht sogar absichtlich herbeigeführt worden!

Wenn die Polizei und die Sachverständigen der Versicherungen den Brand für einen Unglücksfall hielten, konnte die Beschädigung nicht auf einmal, durch eine einfache Unterbrechung, herbeigeführt worden sein. In vielen Artikeln fand ich Einzelheiten: Eine Dichtung war durch wochenlange Feuchtigkeit verfault, ein Rohr war verrostet gewesen ... Das setzte Vorbereitungen und mühsame Arbeit voraus. Das bedeutete: Mord.

Schon vor dem Brand hatte die Überlebende den Platz der Toten einnehmen wollen! Da Mi an diesem Tausch kein Interesse haben konnte, war Do die Überlebende. Ich war die Überlebende. Ich war Do. Vom Meldezettel eines Hotels bis zu einem Rohr im Gasbadeofen war der Ring geschlossen – geschlossen wie das gezierte Oval, das die Unterschrift umgab.

Ich weiß nicht mehr, wie ich dorthin gelangte, aber ich fand mich plötzlich unter dem Waschbecken meines Hotelzimmers wieder, wo ich die Leitungen studierte. Meine Handschuhe waren schmutzig vom Staub. Dies waren keine Gasrohre; die Installation mußte wohl sehr verschieden von der in Cap Cadet sein, aber ich hatte die unbestimmte Hoffnung, daß sie mir das Unsinnige meiner Vermutungen zeigen würde. Ich sagte mir: Es ist nicht wahr, ich urteile zu schnell; selbst wenn das Verbindungsrohr einwandfrei war, konnte es von selbst schadhaft werden ... Und ich gab mir die Antwort: Das ist unmöglich. Die Installation war kaum drei Monate alt, und überdies hat niemand daran geglaubt; deswegen kam man ja auch zu dem Schluß, daß von Anfang an ein Fehler vorgelegen haben müsse.

Mir war schrecklich kalt, weil ich nur Unterwäsche trug. Ich zog meinen Rock und den zerrissenen Pullover an. Die Strümpfe konnte ich nicht allein anziehen, so rollte ich sie zusammen und steckte sie in die Manteltasche. In meiner augenblicklichen Geistesverfassung schien mir sogar diese Bewegung ein Beweis zu sein: Mi hätte das niemals getan. Ein Paar Strümpfe bedeuteten ihr gar nichts. Sie hätte sie irgendwohin geworfen, quer durchs Zimmer.

In der Manteltasche fühlte ich die Schlüssel, die François mir gegeben hatte. Das war, glaube ich, das dritte Entgegenkommen des Schicksals an diesem Tag. Das zweite war ein Kuß, bevor ein junger Mann zu mir sagte: *Glaubst du mir jetzt?* Das erste war der Blick, mit dem Jeanne aus dem Wagen gestiegen war, um mir den Scheck auszustellen. Es war ein etwas unwilliger und leicht gereizter Blick gewesen, aber ich hatte gefühlt, daß sie mich von ganzem Herzen liebte ... Als ich jetzt in diesem Hotelzimmer an diesen Blick dachte, war ich überzeugt, daß ich mir das alles nur einbildete.

Im Adreßbuch war das Haus in der Rue de Courcelles unter dem Namen Raffermi aufgeführt. Mein Zeigefinger in dem feuchten Baumwollhandschuh glitt über vierundfünfzig Nummern hinweg, bevor er bei der richtigen anhielt.

Beim Verlassen des Hotels in Montparnasse hatte ich meine Uhr gestellt, sie zeigte Mitternacht. Das Taxi setzte mich vor der Nummer 55 ab. Ein Tor in einem schwarzgestrichenen, hohen Eisengitter.

Das Haus dahinter war weiß, ein schönes Gebäude, das friedlich inmitten eines Gartens stand, umgeben von Kastanienbäumen. Ich sah kein Licht, und die Fensterläden schienen geschlossen zu sein.

Ich öffnete das Tor; es schwang geräuschlos auf. Dann ging ich eine Allee hinauf, zu deren Seiten sich Rasen erstreckte. Meine Schlüssel paßten nicht in das Schloß der Eingangstür. Ich ging um das Haus herum und fand einen Dienstboteneingang, den ich aufschließen konnte.

Im Innern hing noch ein Hauch von Jeannes Parfum. Ich ging durch die Zimmer und knipste überall das Licht an. Die Räume waren klein, meist hell gestrichen und ein wenig überladen, aber kostbar eingerichtet. In der ersten Etage entdeckte ich die Schlafzimmer. Sie waren alle von einer Diele aus zu erreichen, die nur zur Hälfte weiß gestrichen war. Offenbar waren die Malerarbeiten nicht beendet worden.

Der erste Raum, den ich betrat, war Mickys Zimmer. Ich fragte mich nicht, woher ich es wußte. Alles sprach von ihr: Das Durcheinander von Bildern an einer Wand, die Kostbarkeit der Stoffe, das große Bett mit einem Baldachin, dessen Vorhänge bei meinem Eintritt durch den Luftzug wie die Segel eines Schiffes flatterten. Auf einem Tisch lagen Tennisschläger, das Foto eines jungen Mannes war an einem Lampenschirm befestigt, ein großer Plüschelefant saß in einem Sessel, eine deutsche

Offiziersmütze war über eine Steinbüste gestülpt, die die Patin Midola darstellte.

Ich öffnete die Vorhänge des Bettes, weil ich mich ein wenig hinlegen wollte; vorher durchsuchte ich aber noch die Schubfächer: Vielleicht fand ich hier, gegen jede Erwartung, einen Beweis dafür, daß dieses Zimmer mir gehörte? Ich zog Wäsche hervor und noch einige belanglose Sachen, dann Papiere, die ich flüchtig durchsah und auf den Boden fallen ließ.

Ich ließ das Zimmer in großer Unordnung zurück. Aber was tat das? Ich wußte, daß ich Jeanne anrufen würde. Ich wollte meine Vergangenheit, meine Gegenwart und meine Zukunft wieder in ihre Hände legen. Ich wollte schlafen. Sie würde schon mit der Unordnung fertig werden – und gegebenenfalls mit einem Mord.

Das zweite Zimmer wirkte unpersönlich; im dritten mußte Jeanne geschlafen haben, während ich in der Klinik lag. Das Parfum, das im angrenzenden Badezimmer schwebte, und die Größe der Kleider im Schrank wiesen darauf hin.

Endlich fand ich das Zimmer, das ich suchte. Es enthielt nur die Möbel, in einer Kommode etwas Wäsche, einen grün und blau karierten Morgenrock, auf dessen Brusttasche *Do* eingestickt war und, neben dem Bett abgestellt, drei Koffer.

Die Koffer waren voll. Als ich ihren Inhalt auf den Teppich entleerte, wußte ich, daß Jeanne sie von Cap Cadet hierhergebracht hatte. Zwei von ihnen bargen Sachen von Mi. Der dritte, viel kleinere Koffer, enthielt nur ein paar Kleider, außerdem Briefe und Papiere, die Do gehörten. Es war sehr wenig und konnte nicht alles sein, was Do besessen hatte. Wahrscheinlich waren die anderen Sachen, die man nach dem Brand geborgen hatte, an die Loïs zurückgeschickt worden.

Ich löste das Band, mit dem ein Packen Briefe der Patin Midola (sie unterschrieb auch so) zusammengebunden waren. Zuerst glaubte ich, sie seien an Mi gerichtet, denn sie begannen mit *Meine Liebe*, oder *Carina* oder *Meine Kleine*. Beim Lesen merkte ich, daß oft von Mi in der dritten Person die Rede war; die Briefe waren an Do gerichtet. Sie waren voller orthographischer Fehler und sehr zärtlich. Was ich zwischen den Zeilen las, ließ mein Blut aufs neue erstarren.

Bevor ich meine Durchsuchung fortsetzte, sah ich mich nach einem Telefonapparat um. Ich fand einen in Mis Zimmer. Ich wählte die Nummer in Neuilly. Es war fast ein Uhr morgens, aber Jeanne mußte mit der Hand auf dem Hörer gewartet haben, denn sie nahm sofort ab. Ehe ich auch nur ein Wort sagen konnte, schrie sie mir ihre Angst entgegen, wobei sie mich teils beschuldigte, teils anflehte. Ich schrie meinerseits:

«Hör auf!»

«Wo bist du?»

«Rue de Courcelles.»

Ein längeres Schweigen trat ein, es konnte alles bedeuten: Erstaunen oder ein Eingeständnis. Schließlich nahm ich das Gespräch wieder auf:

«Komm, ich erwarte dich.»

«Wie geht es dir?»

«Schlecht. Bring mir Handschuhe mit.»

Ich legte auf. Ich kehrte in das Zimmer von Do zurück und durchwühlte weiter die Papiere ... *meine* Papiere. Dann nahm ich Wäsche und eine Hose, die mir gehört hatten, dazu den karierten Morgenrock. Ich wechselte die Kleider, sogar meine Schuhe zog ich aus. Barfuß ging ich ins Parterre hinunter. Das einzige, was ich von der anderen behalten hatte, waren meine Handschuhe, und meine Handschuhe gehörten mir.

Im Wohnzimmer knipste ich alle Lampen an und trank einen Schluck Cognac aus der Flasche. Eine ganze Weile beschäftigte ich mich damit, den Mechanismus eines Plattenspielers zu erforschen. Ich legte irgend etwas Lärmendes auf. Der Cognac tat mir wohl, aber ich wagte nicht, noch mehr davon zu trinken. Jedoch, als ich ins benachbarte Zimmer ging, das mir wärmer zu sein schien, nahm ich die Flasche mit und drückte sie an meine Brust.

Etwa zwanzig Minuten nach meinem Anruf hörte ich eine Tür gehen. Einen Augenblick später schwieg die Musik im Nebenzimmer. Schritte näherten sich dem Zimmer, in dem ich mich befand. Jeanne machte kein Licht. Ich sah ihre lange Silhouette auf der Schwelle haltmachen, eine Hand lag auf dem Türgriff – es war wie ein Negativ des Bildes von der jungen Frau, die damals in der Klinik erschienen war. Schweigend stand sie einige Sekunden lang, dann sagte sie mit ihrer zärtlichen, tiefen, ruhigen Stimme:

«Guten Abend, Do.»

4. Kapitel

Es begann an einem Februarnachmittag in der Bank, in der sie arbeitete. Der Scheck sah aus wie alle anderen, die von 9 Uhr morgens bis 5 Uhr am Abend durch Domenicas Hände gingen. Die einzige Unterbrechung dieses Arbeitstages war die Mittagspause von fünfundvierzig Minuten. Der Scheck trug die Unterschrift des Kontoinhabers, François Chance. Erst nachdem Domenica die Eintragungen in den Kontobüchern vorgenommen hatte, las sie auf der Rückseite: Michèle Isola.

Fast mechanisch sah sie auf und erblickte über den Köpfen ihrer Kollegen jenseits des Schalters ein junges Mädchen mit blauen Augen und langen schwarzen Haaren in einem beigefarbenen Mantel. Mis Schönheit überraschte Do noch mehr als ihre Anwesenheit. Und doch mochte Gott allein wissen, wie oft sie sich dieses Treffen vorgestellt hatte: Einmal fand es auf einem Passagierschiff statt (einem Passagierschiff!), ein anderes Mal im Theater (sie ging nie ins Theater), oder auch an einem italienischen Strand (sie kannte Italien gar nicht). Jedenfalls in einer Welt, die nicht ganz wirklich war, in der sie nicht wirklich Do war, in der Traumwelt vor dem Einschlafen, in der man sich vorstellen kann, was man will.

Hinter einem Schalter, den sie seit zwei Jahren täglich sah, war dieses Treffen noch weniger wirklich, aber es überraschte sie nicht. Dennoch, Mi war so hübsch, so strahlend, sie schien auf so wunderbare Weise mit dem Glück im Einklang, daß ihr Anblick allein alle Träume übertraf.

Abends vor dem Einschlafen war das Leben viel einfacher. Dort traf Do ein Waisenkind wieder, das sie in jeder Hinsicht übertraf: an Größe (1,68 m), an Wissen (Abitur mit der Note Gut), an Verstand (sie vervielfachte das Vermögen von Mi durch irgendwelche raffinierte Börsengeschäfte), an Edelmut (sie rettete die Patin Midola vor dem Ertrinken, während Mi nur an sich selbst dachte und umkam), an Erfolg (der Verlobte von Mi, ein italienischer Prinz, entschied sich drei Tage vor der Hochzeit für die arme ‹Kusine›: schreckliche Gewissensqual) – und natürlich auch in der Schönheit.

Mi war so hübsch, wie sie da zwischen den vielen Bankkunden stand, daß es Do beinahe übel davon wurde. Sie wollte aufstehen, aber es war unmöglich. Sie sah den Scheck in einem Bündel verschwinden, sah das Bündel in den Händen eines ihrer Kollegen und dann am Schalter eines

Kassierers. Die junge Dame im beigefarbenen Mantel – von weitem schien sie älter als zwanzig Jahre und sehr sicher in ihren Bewegungen – steckte das Geld in die Handtasche, lächelte und ging auf die Tür zu, wo ein anderes junges Mädchen sie erwartete.

Domenica ging an den Schreibtischen vorbei, und ein merkwürdiges Gefühl, etwas wie Entsetzen, zog ihr Herz zusammen. *Ich werde sie verlieren, ich werde sie niemals wiedersehen. Und wenn ich sie sehe, wenn ich es wage, sie anzusprechen, wird sie mir ein gnädiges Lächeln schenken und mich voller Gleichgültigkeit sofort wieder vergessen ...*

Und ungefähr so war es dann auch. Sie erreichte die beiden jungen Mädchen auf dem Boulevard Saint-Michel, etwa fünfzig Meter von der Bank entfernt, als sie gerade einen weißen MG besteigen wollten, der an verbotener Stelle geparkt war. Mi betrachtete dieses Mädchen mit Bluse, das ihren Arm ergriff, das sichtlich fror und nach dem Laufen mit keuchender Stimme sprach, mit höflichem Interesse, aber ohne es zu erkennen.

Do sagte, sie sei Do. Nach vielen Erklärungen schien Mi sich an ihre kleine Jugendgespielin zu erinnern; sie antwortete, daß es komisch sei, sich so wiederzutreffen. Danach gab es schon nichts mehr zu sagen. Aber Mi versuchte es noch einmal. Sie fragte, ob Do schon lange in Paris wohne und in einer Bank arbeite und ob ihr die Arbeit gefiele. Sie stellte Do ihrer Freundin vor, einer schlechtgeschminkten Amerikanerin, die schon im Auto saß.

«Ruf mich in den nächsten Tagen an, ich freue mich, dich wiederzusehen.»

Mi setzte sich ans Steuer und fuhr mit aufheulendem Motor davon. Die Türen sollten gerade geschlossen werden, als Do zur Bank zurückkehrte. In ihrem Kopf ging alles durcheinander, und sie war böse auf die anderen. *Wie soll ich sie anrufen, ich weiß nicht einmal, wo sie wohnt. Erstaunlich, daß sie so groß ist wie ich; früher war sie immer viel kleiner. Ich würde genauso hübsch sein wie sie, wenn ich ebenso gut angezogen wäre. Wie hoch war der Scheck? Es ist ihr gleichgültig, ob ich sie anrufe oder nicht. Sie hat gar keinen italienischen Akzent. Ich bin dämlich, sie mußte das Gespräch in Gang halten. Ich muß ihr dumm vorgekommen sein. Und lächerlich angezogen. Ich hasse sie. Ich kann sie hassen, soviel ich will, aber ich werde daran ersticken ...*

Sie hatte noch eine Stunde zu arbeiten. Gerade als die anderen Angestellten fortgehen wollten, bekam sie den Scheck in die Hand. Die Adresse von Mi war nicht angegeben. Sie notierte die des Ausstellers, François Chance.

Eine halbe Stunde später rief sie ihn aus dem *Dupont-Latin* an. Sie sagte, sie sei eine Kusine von Mi, habe sie gerade wiedergetroffen, aber leider vergessen, sie um ihre Telefonnummer zu bitten. Der Mann am anderen Ende sagte, daß seines Wissens Mademoiselle Isola keine Kusine habe, aber schließlich gab er ihr eine Nummer und eine Adresse: Hotel Washington, Rue Lord Byron.

Als Do die Telefonzelle im Kellergeschoß verließ, nahm sie sich vor, drei volle Tage zu warten, ehe sie Mi anrief. Sie traf ihre Freunde im Saal: zwei Bürokollegen und einen jungen Mann; sie kannte ihn seit sechs Monaten, seit vier Monaten küßten sie sich und seit zwei Monaten war sie seine Geliebte. Er war Versicherungsvertreter, mager, höflich, verträumt und nicht häßlich.

Do nahm ihren Platz neben ihm wieder ein, betrachtete ihn und fand, daß er weniger höflich, weniger verträumt, weniger hübsch, aber immer noch Versicherungsvertreter sei. Sie stieg wieder in den Keller hinunter und rief Mi an, erreichte sie aber nicht.

Nach fünf Tagen und vielen vergeblichen Versuchen (täglich zwischen 18 Uhr und Mitternacht) erreichte sie endlich das Mädchen ohne italienischen Akzent. An diesem Abend telefonierte sie im Zimmer von Gabriel, dem Versicherungsvertreter; er schlief neben ihr und hatte sich das Kissen über den Kopf gezogen. Es war Mitternacht.

Wider Erwarten erinnerte Mi sich an das Treffen. Sie entschuldigte sich, daß sie nicht dagewesen sei. Es sei sehr schwer, sie abends zu erwischen. Morgens übrigens auch.

Do hatte sich die raffiniertesten Sätze zurechtgelegt, um eine neue Begegnung zu erreichen, aber jetzt konnte sie nur sagen: «Ich muß dich sprechen.»

«Gut», sagte Mi. «Also komm, aber beeil dich, ich bin müde. Ich hab dich sehr lieb, aber morgen muß ich früh aufstehen.»

Sie schickte noch einen Kuß durch den Draht und hängte ein. Do blieb ein paar Minuten, wie nicht gescheit, mit dem Hörer in der Hand auf dem Bettrand sitzen. Dann stürzte sie sich auf ihre Kleider.

«Gehst du fort?» murmelte Gabriel.

Halbangezogen küßte sie ihn. Dabei mußte sie lachen. Sie lachte immer lauter. Gabriel glaubte, sie sei total verrückt geworden und zog sein Kissen wieder über den Kopf. Er mußte auch früh aufstehen.

Das Hotel war groß; alles wirkte gedämpft und sehr angelsächsisch. Der Portier trug eine Uniform, und schwarz gekleidete Herren walteten hinter dem Empfangstisch feierlich ihres Amtes. Mi wurde telefonisch benachrichtigt.

Am Ende der Halle gewahrte Do eine Bar; sie war über drei nach unten führende Stufen zu erreichen. Die Leute, die hier saßen, traf man sicher auf den Passagierschiffen, in den eleganten Seebädern oder in Theater-Premieren; dies war ‹die Welt vor dem Einschlafen›.

Ein Liftboy hielt den Fahrstuhl im dritten Stock an. Appartement 14. Do betrachtete sich noch einmal im Spiegel des Ganges, ordnete ihr Haar, das sie zu einem Knoten aufgesteckt trug, weil es offen getragen zu viel Zeit in Anspruch nahm. Der Knoten machte sie etwas älter und gab ihr etwas Gediegenes. Das war gut.

Eine alte Frau öffnete. Sie zog einen Mantel über, und im Fortgehen rief sie etwas auf italienisch ins Nebenzimmer, dann verließ sie das Appartement.

Auch hier war alles sehr englisch, mit großen Sesseln und dicken Teppichen. Mi stürzte, nur mit Unterwäsche bekleidet, aus einem der Räume, einen Bleistift im Mund und einen Lampenschirm in der Hand. Sie erklärte, daß eine Lampe heruntergefallen sei.

«Wie geht's dir? Kannst du basteln? Komm mit!»

Im Zimmer roch es nach amerikanischen Zigaretten; das Bett war aufgedeckt. Ohne den Mantel auszuziehen, befestigte Do den Lampenschirm wieder. Mi verschwand im Nebenzimmer und kam gleich darauf zurück, drei Scheine zu 10 000 Francs in einer Hand, ein Frottiertuch in der anderen. Sie hielt Do das Geld hin. Do nahm es mechanisch; sie war völlig verwirrt.

«Wird das genügen?» fragte Mi. «Mein Gott, ich hätte dich niemals wiedererkannt!»

Sie betrachtete Do freundlich mit ihren schönen Augen. *Augen wie aus Porzellan.* Aus der Nähe war sie nicht älter als zwanzig, und sie war wirklich sehr hübsch. Sie blieb kaum zwei Sekunden ruhig stehen, schien sich dann an etwas Dringendes zu erinnern und lief zur Tür.

«Ciao. Gib mir einen Wink, wenn du mehr brauchst, ja?»

«Aber ... Ich verstehe dich nicht ...» Sie ging hinter Mi her, die Scheine in der ausgestreckten Hand.

Auf der Schwelle eines Badezimmers, in dem Wasser in die Wanne lief, wandte sich Mi um und sah sie fragend an.

«Ich will kein Geld!» sagte Do.

«Aber hast du das nicht am Telefon gesagt?»

«Ich habe gesagt, daß ich mit dir sprechen wollte.»

«Mit mir sprechen? Worüber?»

«Über alles mögliche», sagte Do. «Ich wollte dich sehen und mit dir reden. Nur so.»

«So spät noch? Gut, setz dich; ich bin in zwei Minuten wieder zurück.»

Do wartete eine halbe Stunde. Sie wagte nicht, ihren Mantel auszuziehen. Die Geldscheine hatte sie vor sich auf das Bett gelegt und starrte sie die ganze Zeit an. Mi kam im Bademantel zurück, sie hatte ein Handtuch über dem Kopf und rieb mit kräftigen Bewegungen ihr nasses Haar trocken. Sie sagte etwas auf italienisch, was Do nicht verstand und fragte dann:

«Stört es dich, wenn ich mich hinlege? Wir können noch einen Augenblick reden. Wohnst du weit? Wenn niemand auf dich wartet, kannst du hier schlafen, wenn du willst. Es sind Betten genug da. Ich bin wirklich sehr froh, dich wiederzusehen. Aber mach nicht so ein Gesicht.»

Man konnte sich kaum vorstellen, daß sie die Gesichter anderer Menschen überhaupt sah. Sie legte sich im Bademantel ins Bett, zündete eine Zigarette an und sagte, im Nebenzimmer stünden einige Flaschen herum, falls Do etwas trinken wolle. Dann schlief sie ein wie eine Puppe mit ‹Schlafaugen›, die brennende Zigarette noch zwischen den Fingern. Do glaubte ihren Augen nicht zu trauen. Sie berührte die Schulter der Puppe. Die Puppe bewegte sich, murmelte etwas und ließ die Zigarette auf den Boden fallen.

«Die Zigarette», jammerte sie verschlafen.

«Ich mach sie schon aus.»

Die Puppe gab einen Kuß in die Luft und schlief wieder ein.

Am nächsten Morgen kam Do, zum erstenmal in zwei Jahren, zu spät in die Bank. Die alte Dame hatte sie geweckt; sie schien gar nicht erstaunt zu sein, eine Fremde auf der Couch liegend zu finden. Mi war schon fortgegangen.

Beim Frühstück in einem Bistro in der Nähe der Bank stürzte Do nur drei Tassen Kaffee hinunter. Sie war nicht hungrig. Sie war unglücklich, als ob ihr eine Ungerechtigkeit widerfahren wäre. Das Leben nimmt mit der einen Hand, was es mit der anderen Hand gibt. Sie hatte die Nacht bei Mi verbracht; sie war schneller mit ihr vertraut geworden, als sie je zu hoffen gewagt hätte, aber sie hatte jetzt noch weniger Möglichkeiten als am Vorabend, sie wiederzusehen. Mi war nicht zu fassen.

Als Do an diesem Abend die Bank verließ, versäumte sie ihre Verabredung mit Gabriel und ging wieder in das Hotel zurück. Von der Halle aus wurde im Appartement 14 angerufen. Mademoiselle Isola war nicht da. Den ganzen Abend lang bummelte Do in der Gegend der Champs-Elysées herum, sie besuchte ein Kino und ging dann wieder unter den Fenstern des Appartements 14 auf und ab. Gegen Mitternacht, nachdem sie noch einmal einen Portier im schwarzen Anzug gefragt hatte, gab sie es auf.

Ungefähr zehn Tage später, an einem Mittwochmorgen, kam Mi wieder in die Bank. Diesmal trug sie ein türkisfarbenes Kostüm, denn das Wetter war mild, und ein junger Mann begleitete sie.

Do holte die beiden am Kassenschalter ein. «Gut, daß ich dich treffe», sagte sie; «ich wollte dich gerade anrufen – ich habe alte Fotos wiedergefunden und wollte dich zum Essen einladen, um sie dir zu zeigen.»

Mi war sichtlich verlegen. Das sei wunderbar, und sie müßten sich unbedingt demnächst einmal verabreden. Dabei musterte sie Do aufmerksam – so wie am Abend, als sie ihr das Geld geben wollte. War sie mehr an anderen interessiert, als es den Anschein hatte? Sie mußte das Flehen in Dos Blick lesen, die Hoffnung und die Furcht, zurückgewiesen zu werden.

«Paß auf», sagte sie, «ich habe eine langweilige Einladung morgen abend, aber ich werde früh genug frei sein, um mit dir essen zu gehen. Ich lade dich ein. Wir könnten uns gegen neun im *Flore* treffen, wenn es dir recht ist. Ich bin immer pünktlich. Ciao, carina.»

Der junge Mann, der sie begleitete, hatte nur ein kühles, gönnerhaftes Lächeln für Do. Als sie die Bank verließen, legte er den Arm um die Schultern der Prinzessin mit den schwarzen Haaren.

Um zwei Minuten vor neun betrat sie das *Flore*. Sie hatte ein weißes Seidentuch um den Kopf gebunden, und ihr Mantel hing lose über den Schultern. Do saß seit einer halben Stunde auf der Terrasse, vor einem Augenblick hatte sie den MG vorbeifahren sehen und sich beglückwünscht, daß Mi allein kam.

Mi trank einen trockenen Martini, erzählte von dem Empfang, den sie gerade verlassen und von einem Buch, das sie in der vergangenen Nacht gelesen hatte. Dann zahlte sie, verkündete, daß sie vor Hunger sterbe und fragte, ob Do chinesische Restaurants liebe.

Beim Essen in der Rue Cujas saßen sie einander gegenüber; sie wählten verschiedene Gerichte und teilten sie. Mi fand Do mit den offenen Haaren hübscher als mit dem Knoten vom ersten Abend. Mis Haare waren viel länger; es sei sehr lästig, sie zu pflegen. Zweihundert Bürstenstriche täglich ... Manchmal betrachtete sie Do einige Augenblicke lang schweigend, mit einer Aufmerksamkeit, die fast peinlich war. Dann redete sie weiter, kam vom Hundertsten ins Tausendste, und es schien ihr gleichgültig zu sein, wer ihr gegenüber saß.

Dann plötzlich: «Also zur Sache: Die Fotos!»

«Ich hab sie zu Hause», sagte Do. «Es ist ganz in der Nähe. Ich dachte, wir könnten gleich hinfahren.»

Als sie in den weißen MG stiegen, verkündete Mi, sie fühle sich wohl und sie sei mit dem Verlauf des Abends sehr zufrieden. Das Hotel Victoria fand sie angenehm und schien sich in Dos Zimmer sofort heimisch zu fühlen. Sie zog ihren Mantel und die Schuhe aus und kauerte sich aufs Bett. Sie betrachteten die kleine Mi und die kleine Do und die vergessenen, rührenden Gesichter. Do hatte sich neben sie aufs Bett gekniet und wünschte sich, daß es ewig dauern möchte. Sie spürte den Duft von Mis Parfum so stark, daß sie sicher war, es würde etwas davon zurückbleiben, wenn sie fortging. Sie hatte ihren Arm um Mis Schultern gelegt und sie wußte nicht mehr, ob es die Wärme der Schultern oder des Armes war, die sie fühlte. Als Mi beim Anblick eines Fotos, auf dem sie zusammen auf einer Wasserrutschbahn saßen, zu lachen begann, konnte Do nicht mehr an sich halten und küßte verzweifelt die Haare der anderen.

«Das war eine schöne Zeit», murmelte Mi. Sie wich dem Kuß nicht aus. Sie sah Do nicht an. Sie hatte alle Fotos angesehen, aber sie blieb sitzen. Vielleicht war sie ein wenig verlegen. Schließlich wandte sie den Kopf und sagte sehr schnell zu Do: «Wir wollen zu mir gehen.»

Sie stand auf und zog ihre Schuhe an. Als Do nicht folgte, kehrte sie zurück, kniete vor ihr nieder und legte sehr zart eine Hand an ihre Wange.

«Ich möchte immer bei dir bleiben», flüsterte Do. Und sie zog die Schulter einer kleinen Prinzessin an ihre Stirn, einer Prinzessin, die nicht gefühllos war, sondern zart und verletzlich wie das Kind von damals und die mit veränderter Stimme antwortete:

«Du hast zuviel getrunken in diesem chinesischen Restaurant; du weißt nicht mehr, was du sagst.»

Dann saßen sie in Mis Wagen und fuhren die Champs-Elysées entlang. Sie schwiegen beide. Im Appartement 14 wartete die alte Frau; sie war in einem Sessel eingeschlafen. Mi schickte sie hinaus und gab ihr zwei schallende Küsse auf die Wangen. Sie schloß die Tür wieder, warf ihre Schuhe quer durchs Zimmer und ihren Mantel auf ein Sofa. Sie lachte und schien vergnügt zu sein.

«Was hast du eigentlich für einen Job?» wollte sie plötzlich wissen.

«In der Bank? Ach, das ist nicht so leicht zu erklären. Es ist auch nicht interessant.»

Mi hatte bereits das Oberteil ihres Kleides ausgezogen; sie ging auf Do zu und knöpfte ihren Mantel auf. «Du bist so unbeholfen! Zieh dich aus, richte dich hier ein! Du machst mich krank, wenn ich dich so herumstehen sehe ...»

Dann fiel sie über Do her, und die beiden begannen übermütig zu raufen. Mi war die Stärkere. Do lag halb auf dem Sessel, halb auf dem Teppich. Mi lachte; sie kam wieder zu Atem und hielt Do an beiden Handgelenken fest.

«Nun, machst du nicht alles schwierig? Wirklich, du siehst aus wie ein schwieriges Mädchen. Seit wann bist du so schwierig? Seit wann machst du die Menschen krank?»

«Schon immer», sagte Do. «Ich habe dich nie vergessen. Stundenlang habe ich deine Fenster beobachtet. Ich habe mir vorgestellt, daß ich dich vor dem Ertrinken rette. Ich habe deine Fotos geküßt ...»

Do sprach nicht weiter; sie lag jetzt völlig auf dem Teppich. Mi kniete über ihr und hielt noch immer ihre Handgelenke.

«Also los, sprich!» drängte Mi.

Aber im gleichen Augenblick erhob sie sich und ging in ihr Zimmer hinüber. Gleich darauf hörte Do im Badezimmer das Wasser laufen. Eine Weile danach stand sie auch auf, betrat Mis Schlafzimmer und suchte in einem Schrank nach einem Schlafanzug oder einem Nachthemd. Sie fand einen Schlafanzug. Er hatte ihre Größe.

In dieser Nacht schlief sie auf dem Sofa in der Diele des Appartements. Mi lag im Zimmer nebenan und redete in einem fort. Sie sprach laut, damit Do sie verstehen konnte. Sie habe heute kein Schlafmittel genommen, erklärte sie; sie nehme oft etwas ein, deswegen sei sie auch neulich so rasch eingeschlafen ... Auch nachdem sie schon lange «Schlaf schön, Do» gerufen hatte, setzte sie ihr Selbstgespräch noch stundenlang fort.

Gegen drei Uhr morgens erwachte Do und hörte sie weinen. Sie lief an ihr Bett und fand sie in Tränen, die Decken waren herabgeglitten, aber sie schlief mit geschlossenen Fäusten. Sie löschte die Lampe, deckte Mi wieder zu und kehrte auf ihr Sofa zurück.

Am nächsten Abend hatte Mi Besuch. Do rief vom *Dupont-Latin* aus an und konnte hören, wie eine männliche Stimme nach Zigaretten fragte. Mi antwortete: «Auf dem Tisch, direkt vor deiner Nase.»

«Werde ich dich nicht sehen?» fragte Do. «Wer ist dieser Mann? Gehst du mit ihm aus? Könnte ich dich nachher noch sehen? Ich kann warten. Ich kann dir dein Haar bürsten. Ich kann irgend etwas tun.»

«Du machst mich krank», knurrte Mi.

Um ein Uhr in dieser Nacht klopfte sie an die Tür von Dos Zimmer im Hotel Victoria. Sie hatte viel getrunken, geraucht und geredet. Sie war traurig. Do zog sie aus; diesmal gab sie ihr einen Schlafanzug und hielt sie, ohne zu schlafen, in ihren Armen, bis der Wecker klingelte. Sie lauschte auf die regelmäßigen Atemzüge und dachte: *Jetzt ist es kein Traum mehr. Sie ist hier. Sie gehört mir. Ich werde ganz durchdrungen von ihr sein, wenn sie fortgeht. Ich bin sie ...*

«Mußt du unbedingt fortgehen?» fragte Mi und öffnete ein Auge. «Leg dich wieder hin, ich werde dich auf die Liste setzen.»

«Wohin?»

«Ins ‹Register› der Patin ... Leg dich wieder hin. Ich werde bezahlen.»

Do war angezogen und im Begriff, fortzugehen. Sie antwortete, das sei verrückt; sie sei kein Spielzeug, das man nehmen und wieder fortlegen könne. Die Bank zahle jeden Monat ihr Gehalt, und davon könne sie leben.

Mi richtete sich in ihrem Bett auf, frisch und ausgeruht, sehr wach und sehr wütend. «Du sprichst wie jemand, den ich kenne ... Wenn ich sage, ich zahle, dann zahle ich! Wieviel kriegst du denn bei deiner Bank?»

«Fünfundsechzigtausend im Monat.»*

«Du kriegst eine Gehaltserhöhung», sagte Mi. «Leg dich wieder hin, oder du bist statt dessen entlassen.»

Do zog ihren Mantel aus, füllte Kaffee in die Maschine und sah zum Fenster hinaus. Als sie die Tasse zum Bett trug, wußte sie, daß ihr neuer Status länger als einen Vormittag dauern würde und daß alles, was sie jetzt sagte oder tat, eines Tages gegen sie sprechen würde.

«Du bist ein reizendes Spielzeug», behauptete Mi. «Dein Kaffee ist gut. Wohnst du schon lange hier?»

«Einige Monate.»

«Pack deine Koffer!»

«Mi, du mußt das verstehen ... Es ist eine sehr ernste Sache, was du da von mir verlangst.»

«Stell dir vor, das habe ich bereits vor zwei Tagen begriffen. Glaubst du, daß es viele Menschen gibt, die mich vor dem Ertrinken retten wollen? Dabei bin ich sicher, daß du nicht einmal schwimmen kannst.»

«Nein.»

«Ich werde es dir beibringen», sagte Mi. «Es ist einfach, sieh her, so bewegt man die Arme. Mit den Beinen ist es etwas schwieriger ...»

Sie lachte, warf Do auf das Bett und zwang sie, die Arme auszubreiten; plötzlich hielt sie inne, sah Do ernsthaft an und sagte, sie wisse gut, daß es eine ernste Sache sei – aber doch auch wieder nicht ganz *so* ernst.

In den folgenden Nächten schlief Do im Appartement 14, Hotel Washington, auf dem Sofa in der Diele und bewachte gewissermaßen Mis Liebesleben. Mi hatte sich mit einem sehr eitlen und eingebildeten jungen Mann – es war der gleiche, den sie schon in der Bank gesehen hatte – ins Nebenzimmer zurückgezogen. Er hieß François Roussin, war Sekretär bei einem Rechtsanwalt und hatte ein sicheres Auftreten. Er hatte fast die gleichen, unbestimmten Träume wie Do, und sie hatten sich vom ersten Augenblick an ehrlich gehaßt.

Mi schätzte an ihm, daß er gut aussah und harmlos war. Do war ihnen in der Nacht viel zu nahe; sie war gezwungen, mit anzuhören, wie Mi in den Armen ihres leidenschaftlichen Liebhabers seufzte. Sie litt wie eine Eifersüchtige und wußte zugleich, daß dieses Gefühl viel komplizierter war als bloße Eifersucht. Sie war fast glücklich, als Mi sie eines Abends fragte, ob Do noch das Zimmer im Hotel Victoria habe;

* Es handelt sich um Alte Francs.

sie wollte dort die Nacht mit einem anderen jungen Mann verbringen. Das Zimmer war bis Ende März bezahlt. Mi verschwand an drei Abenden, François Roussin war sehr betroffen, aber Do hatte niemals bezweifelt, daß Mi den anderen jungen Mann (von dem sie nichts wußte, als daß er an irgendeinem Sportkurs teilnahm) sehr bald wieder vergessen würde.

Es gab auch Abende – und das waren die schönsten – an denen Mi allein war. Und sie konnte es nicht ertragen, allein zu sein. Sie brauchte jemanden, der ihr Haar zweihundertmal bürstete, ihr den Rücken wusch, ihre Zigaretten ausdrückte wenn sie einschlief und ihren Monologen lauschte. Alles dies tat Do. Sie schlug ein gemeinsames Abendessen vor, ließ unvergleichliche Platten heraufkommen und zeigte Mi, wie man aus Servietten Tiere falten kann. In jedem dritten Satz schmeichelte sie ihr, strich ihr sanft über den Nacken oder umfing ihre Taille; so oft wie möglich suchte sie physischen Kontakt mit Mi zu bekommen. Das war das Wichtigste. Auch Mis Bedürfnis, sich vor dem Einschlafen, wenn sie ein Schlafmittel genommen hatte, verhätscheln zu lassen, stand damit in Zusammenhang. Sie litt unter der uralten Furcht vor der Dunkelheit, wenn die Mutter das Kinderzimmer verläßt. Diese beiden hervorstechendsten Eigenschaften – so stark ausgeprägt, daß Do sie schon als pathologisch empfand – hatten ihren Ursprung in Mis Kindheit.

Im März war es soweit, daß Do überallhin mitgenommen wurde, wo Mi – sie nannte sich jetzt Micky, wie alle – hinging, mit Ausnahme der Wohnung von François Roussin. Sie begleitete sie auf ihren Autofahrten durch Paris, von einem Geschäft zum anderen, von einem Besuch zum anderen, von einer Tennis-Verabredung zu einem Essen mit langweiligen Leuten. Oft blieb Do im Auto, drehte am Radio und setzte in Gedanken einen Brief auf, den sie abends an die Patin Midola schreiben wollte.

Ihren ersten Brief hatte sie am Tage ihrer ‹Einstellung› geschrieben. Sie erzählte darin, daß sie das Glück gehabt habe, Mi wiederzutreffen, daß alles gut gehe, und sie wünsche alles Gute für eine Patin, ‹die ja auch ein wenig die ihrige sei›. Es folgte ein wenig Klatsch, ein oder zwei versteckte Seitenhiebe auf Micky und das Versprechen, auf der ersten Italienreise, die sie machen würde, die Patin zu umarmen.

Gleich nachdem sie den Brief abgeschickt hatte, bedauerte sie die Seitenhiebe. Es war zu deutlich. Die Patin Midola war schlau – sie mußte es sein, sonst wäre ihr der Aufstieg von der Straße bis zu einem Leben in italienischen Palästen nicht gelungen; sie würde bestimmt mißtrauisch sein. Aber schon wenige Tage später kam eine überschwengliche Antwort. Do sei ein Segen. Sie sei so geblieben, wie die Patin Midola sie in der Erinnerung behalten habe, zart, vernünftig und gut. Sie habe leider bemerken müssen, daß ‹ihre› Micky sehr verändert sei.

Sie hoffe, daß diese wunderbare Begegnung einen guten Einfluß habe. Ein Scheck war beigefügt.

Do sandte den Scheck im zweiten Brief zurück und versprach, ihr möglichstes für das enfant terrible zu tun; Micky sei nur sehr übermütig, obgleich es manchmal fast den Anschein habe, es fehle ihr an Herz... Tausend Küsse, zärtlich ergeben die Ihre.

Ende März empfing Do die fünfte Antwort. Sie unterschrieb die Briefe mittlerweile: *Dein Patenkind.*

Im April gab sie sich eine Blöße. Eines Abends, sie saßen zusammen in einem Restaurant, griff sie François Roussin offen vor Micky an; irgendeine Unstimmigkeit bei der Bestellung des Menus für ihren Schützling war vorausgegangen. Das Wesentliche sei nicht, daß Micky nach Wein schlecht schlafe, sondern daß François sich zu einem aufdringlichen Kerl, einem Tartuffe, ja, geradezu zu einem Schweinehund entwickle, den man nicht einmal gemalt ertragen könne.

Zwei Abende später wurde es ernster. Es war nicht im selben Restaurant, und auch der Grund für die Mißstimmung war ein anderer, aber François war immer noch ein Schweinehund, und er bellte zurück. Er warf Do vor, sie lasse sich aushalten, erpresse durch Gefühle und benehme sich wie eine Gymnasiastin. Bei einem scharfen Wortwechsel hob Micky plötzlich die Hand. Do erwartete den Schlag und glaubte dann gewonnenes Spiel zu haben, als die Hand das Gesicht des Schweinehunds traf.

Aber es kam anders. Bei der Rückkehr ins Hotel machte François eine Szene. Er habe keine Lust, schrie er, die Nacht in Gesellschaft eines Unschuldslammes und einer Aufpasserin zu verbringen. Damit ging er und schlug die Tür hinter sich zu. Die Szene ging aber weiter. Do verteidigte sich, indem sie ihn noch mehr angriff, und Micky wurde rasend vor Wut, weil sie ein paar Wahrheiten zu hören bekam, die ihr nicht paßten. Es wurde keine lustige Rauferei wie an dem Abend, als sie die Fotos betrachtet hatten. Ein Regen von echten Ohrfeigen, rechts, links, jagte Do quer durch das Zimmer, warf sie aufs Bett und trieb sie wieder hoch, ließ sie in Tränen und Bitten ausbrechen; schließlich kniete sie zerzaust und aus der Nase blutend vor einer Tür. Micky hob sie schließlich auf und zog die Blutende ins Badezimmer. An diesem Abend war es Micky, die das Wasser einlaufen ließ und die Handtücher zurechtlegte.

Drei Tage lang sprachen sie nicht miteinander. François kam am nächsten Morgen zurück. Mit kritischem Blick begutachtete er Dos geschwollenes Gesicht und knurrte, jetzt sähe sie womöglich noch häßlicher aus als sonst. Damit entführte er Micky, um das Ereignis zu feiern. Am nächsten Abend griff Do immer wieder zur Haarbürste und entledigte sich schweigend ihrer Pflicht. Am übernächsten Abend, als das Schweigen unerträglich wurde, legte sie ihren Kopf auf Mickys Knie und bat sie um Verzeihung. Unter Tränen und Küssen schlossen sie Frieden, und Micky zerrte alles Mögliche aus ihren Schränken, um ihre Scham und ihr Mitleid durch Geschenke zu beruhigen. Drei Tage lang war sie durch die Geschäfte gelaufen, um sich für diesen Augenblick einzudekken.

Ein unglückliches Schicksal wollte es, daß Do in derselben Woche Gabriel traf, den sie seit einem Monat nicht mehr gesehen hatte. Sie kam gerade vom Friseur. Die Zeichen von Mickys Zorn waren noch immer sichtbar. Gabriel ließ sie in seine Dauphine einsteigen und tat so, als ob er sich, so gut es eben gehen wollte, mit dem Bruch abgefunden habe. Er sei ihretwegen beunruhigt, das sei alles. Es beunruhige ihn noch mehr, sie derartig zugerichtet zu sehen. Was man mit ihr gemacht habe? Do sagte ihm die Wahrheit.

«Sie hat dich geschlagen? Und du läßt dir das gefallen?»

«Ich kann dir das nicht erklären. Ich stehe gut mit ihr. Ich brauche sie, wie ich die Luft zum Atmen brauche. Du würdest es nicht verstehen. Männer verstehen nur Männer.»

Gabriel schüttelte den Kopf: Na, so was ... Aber er ahnte wohl ungefähr das Richtige. Do versuchte, ihn glauben zu machen, daß sie sich in eine Kusine mit langen Haaren verliebt habe. Er kannte Do. Sie war unfähig, sich in irgend jemand zu verlieben. Wenn sie es ertrug, von einem hysterischen Mädchen geschlagen zu werden, dann hatte sie eine fixe Idee im Kopf, und zwar eine, die sehr fest saß und dadurch allein gefährlich war.

«Wovon lebst du, seit du nicht mehr bei der Bank bist?»

«Sie gibt mir, was ich haben will.»

«Und wohin soll das führen?»

«Ich weiß es nicht. Sie ist nicht schlecht, verstehst du? Sie hat mich sehr gern. Ich stehe auf, wann ich will, ich habe schöne Kleider, ich begleite sie überall hin ... Ach, das kannst du doch nicht begreifen.»

Sie ließ ihn schließlich in seinem Auto sitzen und ging weg. Sie fragte sich, ob er sie wirklich nicht verstanden habe. Aber er liebte sie auch. Alle liebten sie. Niemand konnte in ihren Augen lesen, daß sie sich wie tot fühlte seit dem Abend, an dem Micky sie geschlagen hatte, und daß nicht die Sehnsucht nach diesem verderbten Mädchen sie beherrschte, sondern das Verlangen nach einem Leben, von dem sie seit langem träumte und das dieses Mädchen nicht einmal führte ... Sie hätte es an ihrer Stelle zu führen gewußt. Sie hätte mehr aus all dem Luxus machen können, aus dem geschenkten Geld, aus der Abhängigkeit und Unsicherheit ihrer Umgebung. Für die Schläge würde Micky eines Tages zahlen müssen – wie sie, Do, sich vorgenommen hatte, für alles zu zahlen. Aber das war noch nicht das Schlimmste. Sie würde auch für die Illusion einer kleinen Bankangestellten zahlen müssen, die sich auf niemanden verließ, die von keinem Menschen Liebe erwartete und nicht daran glaubte, daß der Himmel davon allein blauer wird, daß man sich zärtlich liebt.

Seit Tagen ahnte Do, daß sie Mi eines Tages töten würde. Jetzt, auf der Straße, nachdem sie Gabriel verlassen hatte, sagte sie sich, daß sie noch einen Grund mehr dazu habe. Sie würde nicht nur ein unnützes, gefühlloses Insekt beseitigen, sondern auch Demütigungen und Bosheit. Sie suchte in ihrer Handtasche nach ihrer dunklen Brille. Wer weiß, ob wirklich niemand in ihren Augen lesen konnte ... Außerdem hatte sie unter dem linken einen blauen Fleck.

Im Mai tat sich Micky womöglich noch weniger Zwang an als zuvor. Während sie mit einem Ohr auf die Albernheiten François Roussins hörte, beschloß sie, sich in einem hübschen Haus einzurichten, das die Patin Midola in der Rue de Courcelles besaß. Die Raffermi hatte niemals dort gewohnt. Micky stürzte sich kopfüber in die Arbeit. Da sie hartnäckig, aber auf den Kredit ihrer Tante angewiesen war, wurde alles innerhalb von achtundvierzig Stunden zwischen Paris und Florenz abgemacht, und die Dinge nahmen eine unerfreuliche Wendung.

Micky erhielt zwar das nötige Geld, sie gab ihre Unterschriften, bestellte Maler und Möbel, aber es wurde ihr in finanziellen Dingen ein Bevollmächtigter vor die Nase gesetzt, François Chance, und außerdem wurde ein Drache erster Güte nach Paris beordert mit dem Auftrag, Mickys Temperament zu zügeln.

Der Drache hieß Jeanne Murneau. Micky sprach wenig von ihr und in so abscheulicher Weise, daß man sich leicht den Schrecken vorstellen konnte, den sie ihr einflößte. Sie hatte der vierzehnjährigen Micky noch die Kehrseite versohlt; das war schon eine Heldentat. Aber *Nein* zu sagen, wenn die zwanzigjährige Micky *Ja* sagte und sie zur Vernunft zu bringen, das war einigermaßen unvorstellbar.

Als der Drache dann da war, hielt Do das Ganze für etwas übertrieben. Jeanne Murneau war groß, hatte goldenes Haar und wirkte sehr gelassen. Micky fürchtete und haßte sie auch nicht ... Es war schlimmer. Sie konnte ihre Gegenwart einfach nicht ertragen. Ihre Anbetung war so vollkommen, ihre Nervosität so offensichtlich, daß es Do das Herz im Leibe herumdrehte. Vielleicht waren kleine Bankangestellte doch nicht die einzigen, die ihrem Kopfkissen ihren Kummer anvertrauten. Micky hatte offensichtlich jahrelang von einer Murneau geträumt, die nicht existierte; sie litt unbeschreiblich unter ihr, sie wurde rasend, wenn Jeanne da war. Do hatte immer nur beiläufig von dem Drachen reden hören und war nun einigermaßen bestürzt über die Art und Weise, in der diese Jeanne Murneau auf ihre Umgebung einwirkte.

Es war ein Abend wie alle anderen. Micky zog sich um, sie war mit

François verabredet. Do saß lesend in einem Sessel; so ergab es sich, daß sie die Türe öffnete. Jeanne Murneau sah sie an, wie man eine geladene Pistole ansieht, zog den Mantel aus und rief, ohne ihre Stimme zu erheben:

«Micky, kommst du?»

Das Mädchen erschien im Bademantel; sie lächelte, als ob sie bei einem Fehler ertappt worden wäre, ihre Lippen zitterten. Es entstand ein kurzer Wortwechsel auf italienisch. Do verstand nicht viel, aber sie begriff, daß Micky jedes Argument entrissen wurde, so wie man Maschen an einem Strickzeug herunterlaufen läßt. Sie trat von einem Fuß auf den anderen und war nicht wiederzuerkennen.

Jeanne trat zu ihr, nahm sie bei den Ellbogen und küßte sie auf die Schläfe. Dann sah sie sie lange an. Was sie sagte, schien nicht sehr erfreulich zu sein. Die Stimme war tief und ruhig, aber der Ton trocken wie ein Peitschenschlag. Micky schüttelte ihre langen Haare und antwortete nicht. Do sah, wie sie bleich wurde und der Macht des Drachen erlag. Sie schloß ihren Bademantel und wandte sich ab. «Ich habe dich nicht gebeten zu kommen! Du wärst besser geblieben, wo du warst! Ich habe mich nicht geändert, aber du dich auch nicht. Du bist immer noch die Murneau, die ewig an allem was auszusetzen hat. Der Unterschied ist nur, daß ich jetzt genug davon habe!»

«Sind Sie Domenica?» fragte Jeanne, sich mit einer schroffen Bewegung Do zuwendend. «Gehen Sie ins Bad und schließen Sie die Wasserhähne!»

«Du gehst, wenn ich es dir sage», fiel Micky ein und vertrat Do den Weg. «Bleib, wo du bist. Wenn du ihr ein einziges Mal gehorchst, wirst du niemals mit dieser Frau fertig werden.»

Do merkte plötzlich, daß sie drei Schritte zurückgewichen war. Jeanne zuckte die Achseln und ging ins Badezimmer, um selber die Hähne zu schließen. Als sie zurückkam, war Do von Micky in einen Sessel gedrängt worden. Micky stand daneben, und ihre Lippen zitterten immer noch.

Jeanne blieb auf der Schwelle stehen. Sie war sehr groß und hatte leuchtendes Haar. Sie sprach schnell, um zu verhindern, daß ihr Micky das Wort abschnitt. Do hörte verschiedentlich ihren Namen.

«Sprich Französisch», sagte Micky. «Do versteht uns nicht. Du platzt vor Eifersucht. Sie würde Bescheid wissen, wenn sie verstehen könnte. Ach, sieh dich nur an, du platzt vor Eifersucht! Wenn du dein Gesicht sehen könntest! Du bist häßlich, ganz einfach häßlich.»

Jeanne lächelte und antwortete, daß Do hier eigentlich im Augenblick überflüssig sei und vielleicht besser für einige Minuten das Zimmer verlassen würde; es wäre für alle das Beste.

«Do bleibt, wo sie ist», beharrte Micky. «Sie versteht sehr gut. Sie hört auf mich. Auf dich hört sie nicht. Ich liebe sie, sie gehört mir. Hier, sieh!»

Micky beugte sich nieder, umfing Dos Nacken, zog sie zu sich heran und küßte sie auf den Mund. Do ließ es geschehen, sie atmete nicht, sie war erstarrt, sie sagte sich: *Ich werde sie töten. Ich werde ein Mittel finden, sie zu töten; aber wer ist nur diese Italienerin, die sie zu diesem Affentheater treibt?* Mickys Lippen waren weich und zitterten.

«Wenn du mit deinem Getue fertig bist», sagte Jeanne Murneau ruhig, «dann zieh dich an und pack deinen Koffer. Die Raffermi will dich sehen.»

Micky richtete sich wieder auf. Von den drei Anwesenden fühlte sie sich am unbehaglichsten. Ihr Blick suchte nach einem Koffer; es mußte einer im Zimmer sein – sie hatte ihn vorhin gesehen ... Der Koffer stand hinter ihr, offen und leer. Sie ergriff ihn mit beiden Händen und warf ihn nach Jeanne Murneau, die auswich.

Micky machte zwei Schritte und rief irgend etwas auf italienisch, eine Beleidigung vermutlich, sie nahm eine große Vase vom Kamin und warf sie nach dem Kopf der Blonden. Die Murneau rührte sich nicht, aber die Vase zerbrach an der Wand. Jeanne ging um einen Tisch herum, erreichte Micky mit drei großen Schritten, faßte sie mit einer Hand am Kinn und ohrfeigte sie mit der anderen.

Danach nahm sie ihren Mantel wieder auf und kündigte an, daß sie in der Rue de Courcelles schlafen werde. Am nächsten Morgen werde sie nach dem Süden abreisen und habe eine Flugkarte für Micky. An der Tür fügte sie noch hinzu, daß die Raffermi im Sterben liege; es blieben Micky höchstens noch zehn Tage, um sie zu sehen.

Als sie fort war, fiel Micky in einen Sessel und brach in Tränen aus.

Zur gleichen Zeit, als Mi und François das Theater betraten, klingelte Do in der Rue de Courcelles. Jeanne Murneau war keineswegs erstaunt, sie zu sehen. Sie nahm ihr den Mantel ab und hängte ihn an einen Türknopf. Überall im Haus standen Leitern und Malertöpfe; abgerissene Tapeten lagen herum.

«Sie hat immerhin Geschmack», stellte die Murneau fest. «Es wird sehr hübsch werden ... Die Farbe macht mir Kopfschmerzen, Ihnen auch? Gehen wir doch in den ersten Stock, da ist es wohnlicher.»

Sie setzten sich oben in einem Zimmer, mit dessen Einrichtung schon begonnen worden war, nebeneinander auf die Bettkante.

«Wollen Sie sprechen, oder soll ich es tun?» fragte Jeanne.

«Sprechen Sie.»

«Ich bin jetzt fünfunddreißig. Dieses kleine Scheusal wurde mir anvertraut, als sie sieben Jahre alt war. Ich bin nicht stolz auf das, was daraus geworden ist, aber ich war noch weniger stolz, als ich es übernahm. Nun zu Ihnen. Sie sind am 4. Juli 1939 geboren. Sie waren Bankangestellte. Am 18. Februar dieses Jahres haben Sie Micky wieder getroffen; Sie haben sie mit Ihren großen, sanften Augen angesehen und kurz darauf den Beruf gewechselt. Sie sind eine Art Puppe geworden, ohne mit der Wimper zu zucken; Sie lassen sich schlagen oder küssen, Sie können mühelos lieb aussehen; Sie sind hübscher, als ich Sie mir vorgestellt hatte, aber genauso langweilig. Und Sie haben einen Hintergedanken ... Puppen haben gewöhnlich sonst keine Hintergedanken.»

«Ich verstehe Sie nicht.»

«Gut, hören Sie weiter. Schon immer haben Sie diesen Hintergedanken gehabt ... Oder vielleicht ist es auch noch kein ausgewachsener Gedanke. Es schwebt Ihnen etwas vor, etwas Verschwommenes, wie ein Kitzel ... Viele haben das vor Ihnen erlebt; ich selbst auch. Aber Sie sind doch wohl die hartnäckigste und Entschlossenste. Verstehen Sie mich recht: Nicht die Idee an sich beunruhigt mich, sondern daß Sie sie wie eine Fahne vor sich hertragen. Sie haben schon genug Dummheiten begangen, um zwanzig Personen in Aufregung zu versetzen. Selbst wenn diese zwanzig ebenso beschränkt wären wie François Roussin – das ist gefährlich, geben Sie es zu. Man kann von der Raffermi halten, was man will, aber sie hat einen kühlen Kopf. Micky als ein bißchen schwachsinnig hinzustellen ... Ich bitte Sie! Das ist doch glatte Idiotie. Damit kommen Sie doch nicht weiter!»

«Ich verstehe noch immer nicht.» Do hatte einen trockenen Hals und sagte sich: *Das kommt nur von dem Farbengeruch* ... Sie wollte aufstehen, aber die große Blonde zog sie sanft auf das Bett zurück.

«Ich habe Ihre Briefe an die Raffermi gelesen.»

«Sie hat sie Ihnen gezeigt?»

«Sie leben wohl auf dem Mond ... Ich habe sie gesehen, das ist alles. Und ich weiß alles von Ihnen: Größe: 1,68 m; Haar: braun; geboren in Nizza; Vater: Buchhalter; Mutter: Aufwartefrau. Zwei Liebhaber; einen mit achtzehn Jahren für drei Monate, einen mit zwanzig Jahren, bis Micky erschien; fünfundsechzigtausend brutto im Monat; besonderes Kennzeichen: hartnäckig.»

Do machte sich los und ging zur Tür. Im Erdgeschoß konnte sie ihren Mantel nicht finden. Jeanne Murneau tauchte hinter ihr auf und hielt ihn ihr hin.

«Seien Sie nicht kindisch. Ich muß mit Ihnen sprechen. Sicher haben Sie noch nicht gegessen. Kommen Sie, wir gehen zusammen.»

Jeanne Murneau gab dem Taxifahrer die Adresse eines Restaurants in der Nähe der Champs-Elysées an. Als sie einander gegenüber Platz nahmen, fiel Do auf, daß sie fast die gleichen Bewegungen hatte wie Micky, nur wirkten sie seltsam verzerrt, weil sie viel größer war. Jeanne fing diesen Blick auf und erklärte gereizt, als ob es das einfachste auf der Welt sei, in den Augen der anderen zu lesen:

«Sie ahmt mich nach, nicht umgekehrt. Was möchten Sie essen?»

Während der ganzen Mahlzeit hielt sie den Kopf ein wenig auf die Seite geneigt, wie Micky es zu tun pflegte; ein Ellbogen lag auf dem Tisch. Beim Sprechen öffnete sie oft ihre schöne, große Hand und streckte den Zeigefinger aus, um ein Wort zu unterstreichen. Auch dies war, nur schärfer ausgeprägt, eine Bewegung von Micky.

«Jetzt mußt du reden.»

«Ich habe Ihnen nichts zu sagen.»

«Warum bist du denn zu mir gekommen?»

«Um Ihnen alles zu erklären. Aber das ist jetzt nicht mehr wichtig. Sie mißtrauen mir.»

«Um mir was zu erklären?» fragte Jeanne.

«Daß Micky Sie sehr lieb hat; daß sie nach Ihrem Fortgehen geweint hat und daß Sie zu hart mit ihr sind.»

«Wirklich? Ich meine: Bist du wirklich gekommen, um mir das zu sagen? Bevor ich dich sah, konnte ich einiges nicht verstehen; jetzt beginne ich zu begreifen. Du bist schrecklich eingebildet. Man darf die Menschen nicht für so dumm halten, das ist nicht erlaubt.»

«Ich verstehe immer noch nicht, was Sie sagen.»

«Mama Raffermi hat aber verstanden, das kannst du mir glauben, du kleiner Dummkopf! Und Micky ist hundertmal gescheiter als du! Wenn du es nicht verstehst, muß ich es dir erklären. Du setzt auf eine Micky, die nur in deiner Einbildung lebt, nicht auf die wirkliche. Im Augenblick ist sie verliebt in dich, das macht ein wenig blind. Aber wenn du so weitermachst, wird es mit dir nicht länger dauern als mit ihren anderen Liebschaften. Es kommt noch schlimmer: Die Raffermi hat auf deine Briefe hin nichts unternommen. Dabei stehen einem die Haare zu Berge, wenn man sie liest! Und ich nehme an, sie antwortet dir freundlich. Kommt dir das nicht komisch vor?»

«Meine Briefe, meine Briefe! Was ist mit meinen Briefen?»

«Sie haben einen Fehler: Sie sprechen nur von dir. *Wie gern wäre ich Micky ... Wie würden Sie mich, wenn ich an ihrer Stelle wäre, zu schätzen wissen ... Was würde ich aus einem Leben machen, wie Sie es ihr bieten ...* Ist es nicht so?»

Do verbarg das Gesicht in den Händen.

«Es gibt verschiedene Dinge, die du wissen mußt», fuhr Jeanne Murneau fort. «Deine größte Chance ist, Micky zu gefallen – aus tausend Gründen, die du nicht verstehst. Und im rechten Augenblick da zu sein. Außerdem wirst du niemals Micky von der Raffermi trennen können. Das verstehst du noch weniger, aber es ist so. Es lohnt nicht, sich darüber aufzuregen. Denn die Raffermi hat in fünfundvierzig Tagen drei Anfälle gehabt. In einer Woche oder in einem Monat wird sie tot sein. Deine Briefe sind nutzlos und gefährlich. Micky wird bleiben, das ist alles.»

Jeanne Murneau hatte nichts gegessen, sie schob ihren Teller zurück, nahm aus einem Päckchen, das auf dem Tisch lag, eine italienische Zigarette und fügte hinzu:

«Und ich, natürlich.»

Sie gingen zu Fuß zum Hotel zurück. Sie schwiegen. Jeanne Murneau hatte Dos Arm genommen. Als sie an die Ecke der Rue Lord Byron kamen, blieb Do stehen und sagte sehr hastig:

«Ich begleite Sie; ich habe keine Lust, hineinzugehen.»

Sie stiegen in ein Taxi. In der Rue de Courcelles schien der Farbgeruch noch stärker zu sein. Sie traten in ein Zimmer, und Do wollte unter einer Leiter hindurchgehen, aber Jeanne Murneau hielt sie zurück. Sie faßte sie fest bei den Schultern und führte sie sicher durch die Dunkelheit. Dabei hob sie Do ein wenig hoch, so daß sie auf den Fußspitzen gehen mußte; es war, als wolle sie die kleinere zu ihrer eigenen Größe emporziehen.

«Du wirst dich ganz ruhig verhalten. Keine Briefe, keinen Streit mehr, keine Dummheiten mehr. In einigen Tagen werdet ihr alle beide hier einziehen. Die Raffermi wird dann tot sein. Ich werde Micky auffordern, nach Florenz zu kommen. Ich werde die Aufforderung so abfassen, daß sie nicht kommen wird. Was diesen François angeht – da werde ich dir ein paar gute Argumente zuspielen. Wenn es soweit ist, darfst du nicht zimperlich sein; du wirfst François hinaus und bringst Micky weit fort von ihm. Meine Beweise gegen ihn werden überzeugend sein. Ich sag dir dann auch, wohin du sie bringen sollst ... Hast du diesmal verstanden? Hörst du mir zu?»

Im Licht des Mondes, der durch ein Fenster hereinschien, nickte Do zustimmend mit dem Kopf. Die großen Hände des goldäugigen Mädchens hielten noch immer ihre Schultern umfaßt. Do machte keinen Versuch, sich zu befreien.

«Die Hauptsache ist, daß du jetzt die Ruhe bewahrst. Halte Micky nicht für dumm, ich habe mich schon vor dir in diesem Punkt getäuscht ... Ich kenne dich nur aus deinen Briefen, und die sind töricht; aber ich hätte sie früher vielleicht auch geschrieben. Als man mir Micky in die Arme drückte, hätte ich sie am liebsten ersäuft. Ich habe seitdem meine Gefühle nicht geändert. Aber ich werde sie nicht ersäufen. Ich habe ein anderes Mittel, mich von ihr zu befreien: Dich. Du bist zwar ein kleiner, zaghafter Dummkopf; aber du wirst tun, was ich dir sage, denn auch du willst dich von ihr befreien.»

«Lassen Sie mich los, ich bitte Sie.»

«Hör zu! Bevor Micky zu der Raffermi kam, gab es dort ein anderes kleines Mädchen. Sie war ein bißchen größer und achtzehn Jahre alt. Das war ich. Mit einem kleinen Pinsel färbte ich Schuhabsätze, in Florenz. Dann bekam ich plötzlich alles, was ich je begehrt hatte. Und dann wurde es mir wieder fortgenommen: Micky war da ... Denk mal darüber nach. Alles das, was du dir vorgenommen hast, habe ich auch schon versucht. Aber ich habe seitdem eine Menge gelernt. – Also, laß es dir durch den Kopf gehen! Und jetzt mach, daß du heimkommst.»

Sie zog Do im Dunkeln durch die Diele. Do stieß mit dem Fuß an einen Farbtopf. Eine Tür wurde vor ihr geöffnet. Sie sah sich um, aber Jeanne Murneau stieß sie wortlos hinaus und schloß ab.

Als Do am nächsten Mittag aus einem Café an den Champs-Elysées bei Jeanne anrief, war sie abgereist. Do stellte sich vor, wie das Klingeln in dem leeren Haus durch alle Zimmer schallte.

5. Kapitel

Meine weißbehandschuhte Hand verschloß ihr den Mund. Sie hob sie sanft fort und erhob sich; ihre lange Gestalt wurde vom Mondlicht beschienen, das durch das Nebenzimmer hereindrang. Wir hatten schon einmal an einem Abend so im Halbdunkel gesessen, sie und ich. Sie hielt mich bei den Schultern. Sie hatte mich zu überreden versucht, eine Prinzessin mit langen Haaren zu ermorden.

«Woher weißt du das alles? Es gibt Dinge, von denen du nichts wissen kannst: Die Nacht, in der sie bei mir geschlafen hat, der Abend, an dem ich unter ihren Fenstern auf und ab ging. Dann das Treffen mit Gabriel ...»

«Du vergißt, daß du es mir erzählt hast», sagte Jeanne. «Im Juni haben wir zwei Wochen zusammen verbracht.»

«Hast du Micky nach dem Streit im Hotel nicht wiedergesehen?»

«Nein. Wozu? Ich hatte keineswegs die Absicht, sie nach Italien zu bringen. Am nächsten Morgen habe ich mit François Chance einige geschäftliche Fragen besprochen und dann das Flugzeug genommen, wie ich es vorgehabt hatte. Bei meiner Rückkehr nach Florenz hatte ich dann eine Menge Schwierigkeiten. Die Raffermi war toll vor Wut. Ich bin nicht sicher, ob Micky sie nicht doch angerufen hat, nachdem ich bei ihr war. Du hast immer geglaubt, sie habe es nicht getan. In jedem Fall hätte das auch nichts mehr in Ordnung bringen können, im Gegenteil. Die Raffermi ist bis zu ihrem Ende wütend geblieben.»

«Wann ist sie gestorben?»

«Eine Woche später.»

«Und du hast mir vor deiner Abreise nichts mehr gesagt?»

«Nein. Ich hatte dir sonst nichts mehr zu sagen. Du wußtest sehr gut, was ich gemeint hatte. Schon lange, bevor du mich kanntest, hast du an nichts anderes gedacht.»

Plötzlich wurde es hell im Zimmer. Sie hatte eine Lampe angesteckt. Ich bedeckte die Augen mit der Hand.

«Bitte, mach das Licht aus!»

«Du erlaubst mir doch, daß ich mich jetzt um dich kümmere, ja? Weißt du, wieviel Uhr es ist? Du mußt halbtot vor Müdigkeit sein. Ich habe dir Handschuhe gebracht. Zieh die anderen aus!»

Während sie sich über meine Hände beugte, schien mir alles, was sie mir erzählt hatte, wieder nur ein böser Traum zu sein. Sie war gut und edel, und ich selbst wäre nie fähig gewesen, den Mord an Micky vorzubereiten ... Es war alles nicht wahr.

Der Tag begann zu dämmern. Sie hob mich auf und trug mich nach oben. Als sie sich im Flur dem Zimmer der früheren Domenica näherte, konnte ich nur den Kopf schütteln, den ich gegen ihre Wange gelehnt hatte. Sie verstand und brachte mich in ihr eigenes Bett. Es stand in dem Zimmer, das sie während meines Aufenthaltes in der Klinik bewohnt hatte. Kurz danach, nachdem sie mir den Morgenrock ausgezogen und zu trinken gegeben hatte, beugte sie sich über mich. Ich zitterte vor Kälte, sie zog die Decken zurecht und sah mich lange Zeit stumm an. Ihre Augen waren müde.

Dann wurde ihr Gesicht immer undeutlicher, und ich fühlte auch ihre Hand nicht mehr auf meiner Stirn. Plötzlich sah ich einen amerikanischen Soldaten mit schiefsitzender Mütze, der mir lächelnd eine Tafel Schokolade hinhielt; meine Lehrerin kam mit einem Lineal in der Hand auf mich zu, um mich damit zu schlagen, dann schlief ich ein.

Am Morgen blieb ich im Bett. Jeanne lag vollständig angezogen auf der Decke neben mir, und wir beschlossen, künftig in der Rue de Courcelles zu wohnen. Sie gab mir einen Bericht von dem Mord, und ich erzählte von meinen Erkundigungen am vergangenen Abend. Es kam mir jetzt ganz unglaubhaft vor, daß François nichts gemerkt haben sollte.

«So einfach ist das nicht», sagte Jeanne. «Du siehst äußerlich weder dir noch Micky ähnlich ... Ich spreche nicht nur von deinem Gesicht, sondern von dem Gesamteindruck. Du gehst nicht wie sie, aber auch nicht, wie du vorher gegangen bist. Außerdem hast du viele Monate mit ihr zusammen gelebt. In den letzten Wochen hast du sie immer beobachtet, um sie nachahmen zu können, so daß ich sie in allen deinen Bewegungen spüre. Als du am ersten Abend lachtest, wußte ich nicht, wer von euch beiden es war. Das Schlimmste war, ich wußte nicht mehr, wie sie war und wie du warst. Ich konnte mich nicht mehr zurechtfinden. Du kannst dir nicht vorstellen, was ich alles gedacht habe. Als ich dich gebadet hatte, fühlte ich mich vier Jahre zurückversetzt, denn du bist magerer als Micky, aber damals war sie ungefähr so. Ich wußte sofort, daß es unmöglich war. Ihr hattet zwar die gleiche Gestalt, aber ihr wart doch ganz verschieden. In diesem Punkt kann ich mich nicht irren. Ich hatte Angst, daß du mir eine Komödie vorspielst.»

«Warum?»

«Wie soll ich es wissen? Um mich loszuwerden, um allein zu sein. Es machte mich fast verrückt, daß ich nicht mit dir sprechen konnte, bevor du es wußtest. Es ging über meine Kraft, so zu tun, als ob du wirklich sie wärest. In diesen vier Tagen habe ich etwas Schreckliches bemerkt, aber das wird uns auch wiederum alles leichter machen: Als ich deine

Stimme hörte, war es mir unmöglich, mich an Mickys Stimme zu erinnern ... Man erinnert sich einfach nicht mehr, verstehst du? Du machtest eine bestimmte Bewegung, und plötzlich sah ich Micky wieder vor mir. Ich war überzeugt, euch verwechselt zu haben ... Ich beobachtete dich die ganze Zeit, und auf zwei ‹Do-Bewegungen› kam eine ‹Micky-Bewegung› – kein Wunder; wochenlang hast du dir vorgesagt: Eines Tages werde ich es genauso machen müssen.»

«Und das sollte genügt haben, um François zu täuschen? Das ist doch unmöglich! Ich habe einen halben Tag mit ihm verbracht. Zuerst hat er mich nicht wiedererkannt, aber abends lagen wir länger als eine Stunde dicht nebeneinander auf der Couch, und er hat mich geküßt und gestreichelt.»

«Du warst Mi. Er sprach von Mi. Er glaubte, Mi in den Armen zu halten ... Außerdem ist er ein Lump. Er hat nie besonders auf sie geachtet, er schlief einfach mit einer Erbin. Du wirst ihn nie wiedersehen. Ich mache mir viel mehr Sorgen über deinen Besuch bei François Chance.»

«Ach, du ... Er hat gar nichts gemerkt.»

«Ich werde ihm auch keine Gelegenheit mehr geben, etwas zu merken. Aber es gibt jetzt Wichtigeres für uns zu tun.»

Sie meinte, daß bei einer Rückkehr nach Florenz das Risiko noch viel größer sein würde. Dort kannte man Mi seit Jahren. In Nizza war Mis Vater die einzige Schwierigkeit. Mir wurde plötzlich klar, daß ich diesen Mann, dessen Tochter ich getötet hatte, gegenübertreten mußte, daß ich ihn würde umarmen müssen, wie sie es getan hätte. In Nizza trauerten auch meine Eltern um eine verlorene Tochter; ganz sicher würden sie mich besuchen, damit ich ihnen von ihr erzählte; sie würden mich voller Entsetzen ansehen – sie würden mich erkennen!

«Unsinn!» Jeanne hielt meine Arme fest. «Du wirst sie nicht sehen! Mickys Vater, gut, das muß wohl sein. Wenn du ein wenig weinst, wird man das deiner Erregung zuschreiben. Aber deine Eltern ... Es wäre am besten, wenn du von jetzt an nie mehr an sie dächtest. Kannst du dich an sie erinnern?»

«Nein. Aber wenn ich mich je wieder an sie erinnern würde?»

«In dem Augenblick wirst du eine andere sein. Du bist eine andere. Du bist Micky. Michèle Marthe Sandra Isola, geboren am 14. November 1939. Du bist fünf Monate jünger geworden, hast keine Fingerabdrücke mehr und bist einen Zentimeter größer. Schluß jetzt!»

Das war nur das Vorspiel zu einer neuen Angst gewesen. Jeanne ging mittags fort, um unsere Sachen aus dem Hause in Neuilly zu holen; sie brachte alles, aber unsere Kleider lagen durcheinander lose auf den Koffern. Im Morgenrock ging ich in den Garten, um ihr beim Hineintragen zu helfen. Sie schickte mich wieder hinein und schimpfte, ich wolle mir wohl den Tod holen.

Was wir auch sprechen würden, sie oder ich, es würde immer wieder auf diese Nacht in Cap Cadet hinauskommen, von der sie mir erzählt hatte. Ich wollte nicht daran denken; ich wollte auch nicht die Filme sehen, die sie mit Micky in den Ferien aufgenommen hatte und die mir helfen sollten, ihr zu gleichen. Aber das kleinste Wort nahm einen Doppelsinn an und ließ Vorstellungen in mir wach werden, die noch unerträglicher waren als alle Filme.

Sie zog mich an, bereitete das Mittagessen und bedauerte, mich für zwei Stunden allein lassen zu müssen. Sie wollte zu François Chance gehen und meine Torheiten vom vergangenen Tag wieder gutmachen.

Der Nachmittag schleppte sich hin. Ich setzte mich mal in diesen, mal in jenen Sessel. Ich betrachtete mich im Spiegel. Ich zog meine Handschuhe aus, um meine Hände zu sehen. Mit schrecklicher Niedergeschlagenheit beobachtete ich das Wesen, das von mir Besitz ergreifen wollte und das ein Nichts war, nur Worte und wirre Gedanken.

Das Gefühl, einem fremden Einfluß ausgesetzt zu sein, beängstigte mich mehr als das Verbrechen, das ich begangen hatte. Ich war ein Spielzeug, eine Marionette in den Händen von drei Unbekannten. Welche würde den Faden am stärksten ziehen? Die neidische kleine Bankangestellte, die geduldig war wie eine Spinne? Die tote kleine Prinzessin, die mich schließlich eines Tages – ich mußte ja werden wie sie – aus dem Spiegel ansehen würde? Oder das große Mädchen mit den goldenen Haaren, das mich wochenlang ferngesteuert und auf den Mord hingelenkt hatte?

Jeanne erzählte mir, daß Micky nach dem Tode der Patin Midola nichts von einer Reise nach Florenz hören wollte. Das Begräbnis fand ohne sie statt, und man hatte nicht einmal versucht, den Mitgliedern der Familie Raffermi eine Erklärung zu geben.

An dem Abend, an dem Micky von dem Todesfall erfuhr, ging sie mit François und einigen Freunden aus. Ich begleitete sie. Micky betrank sich, verursachte einen Skandal in einer Bar am Etoile, beleidigte die Polizisten, die uns hinauswiesen und bestand darauf, einen anderen Mann als François mit auf ihr Zimmer zu nehmen. Sie gab nicht nach, und François mußte nach Hause gehen.

Eine Stunde später warf Micky den anderen auch hinaus, und ich mußte sie in der Nacht lange trösten. Sie weinte, sprach von ihrer toten Mutter und ihrer Kinderzeit, sagte, daß Jeanne für sie auf immer verloren sei und daß sie weder über sie noch über jemanden etwas hören wolle. Eines Tages würde auch ich wissen, ‹wie das ist›. Danach nahm sie ein Schlafmittel.

Tagelang bekam sie viele Besuche. Sie wurde bedauert. Sie wurde überall eingeladen. Sie gab sich bescheiden und zurückhaltend und trug die vielen Milliarden, die ihr die Raffermi hinterlassen hatte, mit Würde. Sobald wie möglich zog sie in die Rue de Courcelles um – noch bevor die Arbeiten dort ganz beendet waren.

Als ich eines nachmittags allein in unserem neuen Haus war, bekam ich ein Telegramm von Jeanne. Es enthielt nichts außer ihrem Namen und einer Telefonnummer in Florenz. Ich rief sofort an. Sie schimpfte zuerst und sagte, es sei leichtsinnig, von Micky aus anzurufen; dann erklärte sie, es sei jetzt an der Zeit, François loszuwerden. Als ob mir ein plötzlicher Verdacht käme, sollte ich Micky veranlassen, die Kostenvoranschläge für die Renovierung des Hauses in der Rue de Courcelles zu prüfen und in Erfahrung zu bringen, welche Vereinbarungen ihr Liebhaber mit den Lieferanten getroffen habe. Sie bat mich, eine Woche später unter derselben Nummer und zur gleichen Stunde wieder anzurufen. Es sei aber besser, dann von einem Postamt aus zu telefonieren und nicht in der Wohnung.

Am nächsten Tag begann Micky ihre Untersuchungen. Wie vorgesehen, traf sie mit den Lieferanten zusammen, entdeckte aber nichts Außergewöhnliches in den Rechnungen. Ich fragte mich, was Jeanne wohl gemeint haben könnte. Es war klar, daß François mehr bezweckte als nur die Auftragserteilung über Malerarbeiten und Möbel, aber er hätte nie daran gedacht, Micky gröblich zu betrügen.

Als ich die Szene miterlebte, die François später über sich ergehen lassen mußte, begriff ich, daß davon auch nicht die Rede war. Er hatte sich persönlich um alles gekümmert. Ein Doppel der Kostenanschläge und Rechnungen war nach Florenz geschickt worden, noch bevor Micky Gelegenheit hatte, über ihre Pläne zu sprechen. François verteidigte sich, so gut er konnte: Er arbeite schließlich für Chance, es sei nur natürlich, daß er mit der Raffermi korrespondiert habe . . . Micky nannte ihn einen Kriecher, einen Schnüffler, einen Mitgiftjäger und warf ihn kurzerhand hinaus.

Zweifellos hätte sie ihn am nächsten Tag wiedergesehen, aber ich wußte jetzt, worauf Jeanne hinauswollte; ich mußte nur die Spur, die sie mir gezeigt hatte, weiterverfolgen. Micky ging zu Chance, der gar nichts von allem wußte. Sie rief einen Sekretär der Raffermi in Florenz an und erfuhr, daß François – in der Hoffnung, sich beliebt zu machen – die Patin Midola von allem unterrichtete. Das Komische war, daß auch er die Schecks, die sie ihm anbot, zurückschickte.

Wie verabredet telefonierte ich mit Jeanne. Der Mai ging zu Ende. Wir hatten herrliches Wetter in Paris, aber im Süden war es noch schöner. Sie riet mir, Micky dazu zu bringen, mit mir dorthin zu reisen. Die Raffermi habe in Cap Cadet eine Villa am Meer. Dort würden wir uns auch wiedersehen, sobald der richtige Augenblick gekommen sei.

«Der richtige Augenblick wofür?»

«Häng ein», sagte Jeanne. «Ich werde tun, was ich kann, um dir bei der Entscheidung zu helfen. Gedulde dich, sei nett, und laß mich für uns beide überlegen. Ruf mich in einer Woche wieder an. Ich hoffe, daß ihr dann zur Abreise bereit seid.»

«Ist das Testament noch nicht eröffnet? Gibt es Schwierigkeiten? Ich wüßte gern ...»

«Häng ein», sagte Jeanne, «du gehst mir auf die Nerven.»

Zehn Tage später, Anfang Juni, kamen Micky und ich in Cap Cadet an. Sie hatte ihren kleinen Wagen mit Koffern überladen, und wir waren eine ganze Nacht hindurch gefahren. Am Morgen öffnete uns eine einheimische Frau mit Namen Yvette die Villa; sie kannte ‹die Murneau›.

Alles war geräumig und sonnig, und überall roch es nach Kiefernharz. Wir gingen zu dem steinigen Strand am Fuße des Kaps hinunter, auf dessen Höhe das Haus stand, um ein Bad zu nehmen. Micky begann mit meinem Schwimmunterricht. Danach fielen wir in feuchten Badeanzügen auf ein Bett und schliefen aneinandergeschmiegt bis zum Abend.

Ich erwachte zuerst. Lange Zeit betrachtete ich die schlafende Micky neben mir. Ich versuchte, mir die Träume hinter ihren geschlossenen Lidern mit den langen Wimpern vorzustellen; ich streckte ein Bein aus und berührte das ihre. Es war warm und lebendig. Entsetzen packte mich. Ich nahm den Wagen und fuhr in die nächste Stadt, nach La Ciotat, um Jeanne zu sagen, daß ich mich fürchte.

«Gut, dann scher dich hin, wo du hergekommen bist. Such dir eine andere Bank. Geh Wäsche waschen, wie deine Mutter und laß mich in Ruhe.»

«Wenn Sie hier wären, wäre alles ganz anders. Warum kommen Sie nicht?»

«Von wo telefonierst du?»

«Von der Post.»

«Also, hör gut zu. Ich schicke dir unter Mickys Namen ein Telegramm in das *Café de la Désirade* in La Ciotat. Es ist das letzte am Ende des Strandes, bevor man links auf den Weg nach Cap Cadet einbiegt. Sag im Vorbeigehen, daß du es erwartest, und hole es morgen früh ab. Ruf mich dann sofort an. Jetzt häng ein!»

Ich hielt vor dem Café, bestellte eine Coca-Cola und bat den Wirt, auf den Namen Isola eingehende Post entgegenzunehmen. Er fragte mich, ob ich Geschäfts- oder Liebesbriefe erwarte. Falls es sich um Liebe handele, würde er mir gern gefällig sein.

«An diesem Abend war Micky traurig. Nachdem Madame Yvette uns das Essen serviert hatte, brachten wir sie nach Lecques, wo sie wohnte; ihr Fahrrad hatten wir hinten auf den MG gebunden. Micky beschloß, zivilisiertere Gegenden aufzusuchen, und wir fuhren nach Bandol. Sie tanzte bis zwei Uhr morgens und fand die Männer des Südens im Grunde entsetzlich langweilig. Dann fuhren wir heim. Sie wählte ein Zimmer für sich und eines für mich aus, küßte mich mit müden Lippen auf die Wange und meinte im Hinausgehen, daß man nicht unbedingt in dieser Gegend versauern müsse. Ich sagte, ich würde so gern Italien kennenlernen, sie versprach, mit mir hinzufahren und mir die Bucht von Neapel, Castellamare, Sorrent und Amalfi zu zeigen. *Das wird prima! Gute Nacht, mein Häschen.*»

Am späten Vormittag ging ich am *Café de la Désirade* vorbei. Jeannes Telegramm war absolut unverständlich. CLARISSE VERBINDUNG STOP GRÜSSE. Von der Post in La Ciotat rief ich nochmals in Florenz an.

«Es gefällt ihr hier nicht. Sie will mit mir nach Italien.»

«Sie dürfte nicht mehr viel Geld haben», sagte Jeanne. «Sie kennt niemand, sie wird sich bestimmt bald bei mir melden. Vorher darf ich nicht kommen, sonst schmeißt sie mich raus. Hast du bekommen, was ich dir geschickt habe?»

«Ja, aber ich verstehe es nicht.»

«Ich wagte auch nicht zu hoffen, daß du es verstehen würdest. Es handelt sich um die erste Etage, erste Tür rechts. Ich rate dir, dich dort umzusehen und zu überlegen. Überlegen ist immer besser als reden, besonders am Telefon. Jeden Tag abschrauben und anfeuchten, das ist alles, was du tun mußt. Häng jetzt ein und überlege. Und sei ganz sicher, es ist keine Rede davon, daß ihr nach Italien geht.»

Ich nahm ein Knistern im Hörer wahr, ein gedämpftes Stimmenkonzert, das zwischen den Vermittlungen von La Ciotat und Florenz hin und her ging. Natürlich, ein Ohr genügte, aber was hätte es Aufregendes zu hören bekommen?

«Soll ich wieder anrufen?»

«In einer Woche. Sei vorsichtig!»

Am späten Nachmittag, während Micky am Strand war, ging ich in das Badezimmer, das neben meinem Zimmer lag. ‹Clarisse› war die Marke des Heißwasserbereiters. Das Rohr mußte erst kürzlich angebracht worden sein, es war nicht gestrichen. Es lief oben an der Wand entlang durch das ganze Zimmer. Clarisse ... Rohr ... Verbindung ... Ich fand das Verbindungsstück am Ende eines Knicks. Wenn ich es abschrauben wollte, mußte ich eine Rohrzange aus der Garage holen. Ich nahm sie aus der Werkzeugtasche des Autos. Madame Yvette scheuerte gerade die Fliesen im Erdgeschoß. Sie hielt mich einige Minuten mit ihrem Gerede auf. Als ich wieder im Badezimmer war, fürchtete ich, daß Micky jeden Augenblick auftauchen könne, und ich zuckte jedesmal zusammen, wenn Madame Yvette unter mir einen Stuhl rückte.

Trotzdem löste ich die Schraube des Verbindungsrohrs und nahm die Dichtung heraus. Es war eine dicke Lamelle aus einem Material, das aussah wie Wellpappe. Ich tat die Dichtung wieder an ihren Platz, verschraubte alles so, wie ich es vorgefunden hatte, öffnete den Gashahn wieder und zündete die Sparflamme des Badeofens an.

Gerade als ich die Zange in die Werkzeugtasche zurücklegte, sah ich Micky den Weg vom Strand heraufkommen.

Der Plan von Jeanne leuchtete mir nur halb ein. Wenn ich die Dichtung jeden Tag befeuchtete, dann würde sie langsam zerstört werden, beinahe wie von selbst. Man würde diese Feuchtigkeit auf den Dunst zurückführen, der aufstieg, wenn man ein Bad einlaufen ließ. Ich beschloß, von jetzt an noch mehr zu baden, damit feuchte Spuren an der Decke und an den Wänden zurückblieben. Aber worauf lief das alles hinaus? Wenn ich nach Jeannes Willen ein Gasrohr zerstören sollte, dann bedeutete das, daß sie einen Brand hervorrufen wollte. Das Gas würde aus dem Rohr entweichen, die angezündete Sparflamme würde eine Explosion hervorrufen ... Aber es würde niemals genug Gas ausströmen; die Schraube allein würde es zurückhalten.

Selbst wenn Jeanne einen besseren Plan hatte als diesen, wenn Brandstiftung möglich war, was konnte uns das einbringen? Falls Micky dabei beseitigt wurde, mußte ich zwangsläufig im gleichen Augenblick aus dem Leben, das ich jetzt führte, hinausgestoßen, an meinen Ausgangspunkt zurückgeworfen werden. Eine Woche lang tat ich alles, was Jeanne von mir verlangt hatte, aber ich brachte nicht den Mut auf, es auch zu begreifen. Ich tauchte die Dichtung ins Wasser, löste sie nach und nach mit den Fingern auf und fühlte, wie sich dabei auch meine Entschlossenheit auflöste.

«Ich sehe nicht, was Sie damit erreichen wollen», sagte ich am Telefon zu Jeanne. «Hören Sie: Entweder Sie kommen jetzt zu uns, oder ich lasse alles fallen.»

«Hast du alles getan, wie ich es dir gesagt habe?»

«Ja. Aber ich will wissen, wie es weitergeht. Ich sehe nicht, welchen Vorteil Sie von dieser Sache haben könnten, aber ich weiß ganz sicher, daß ich keinen habe.»

«Rede nicht solche Dummheiten. Wie geht es Micky?»

«Gut. Sie badet. Wir spielen Boccia im Schwimmbecken. Es ist leer; wir wissen nicht Bescheid mit der Zuleitung. Gelegentlich gehen wir bummeln.»

«Männer?»

«Kein einziger. Ich halte ihr die Hand, damit sie einschläft. Sie sagt, daß die Liebe für sie sowieso vorbei ist. Wenn sie etwas angetrunken ist, spricht sie von Ihnen.»

«Kannst du sprechen wie Micky?»

Ich verstand die Frage nicht.

«Das mußt du nämlich können, wenn du weitermachen willst, Liebste – Verstehst du? Nein? Das macht nichts. Los, sprich mal wie Micky; mach sie nach. Ich will hören, wie das klingt.»

«Ist das ein Leben? Nimm zunächst einmal Jeanne – sie ist übergeschnappt. Weißt du, unter welchem Tierkreiszeichen sie geboren ist? Stier! Hüte dich vor Stieren, mein Häschen. Sie haben alles im Kopf, aber nichts im Herzen. Welches Zeichen hast du? Krebs? Nicht schlecht. Du hast auch Augen wie ein Krebs. Ich hab mal einen gekannt, der hatte solche Augen – sieh mal, so: ganz, ganz groß. Es war komisch, weißt du. Jeanne tut mir leid, sie ist ein armes Mädchen. Sie ist zehn Zentimeter zu groß, um sich gehen zu lassen. Weißt du, was sie sich einbildet?»

«Genug», sagte Jeanne. «Ich will es nicht wissen.»

«Trotzdem ist es interessant, aber es ist natürlich am Telefon schwer zu sagen. Nun, ist es überzeugend?»

«Nein. Du wiederholst, du denkst dir nichts aus. Und wenn du dir etwas ausdenken müßtest? Denk mal darüber nach. Ich werde euch in acht Tagen wiedersehen – sobald sie mir eine Nachricht gibt.»

«Sie würden gut daran tun, mit einem überzeugenden Plan zu kommen. Sie haben so oft gesagt ‹Denk nach›. Nun, ich habe nachgedacht.»

Als wir abends im Auto nach Bandol fuhren, weil Micky dort essen wollte, erzählte sie mir, sie habe am Nachmittag einen Jungen getroffen. Einen komischen Jungen, mit komischen Ideen. Sie sah mich an und fügte hinzu, daß sie tatsächlich beginne, sich in dieser Gegend wohl zu fühlen.

Sie sagte mir nichts über ihre finanziellen Schwierigkeiten. Wenn ich Geld brauchte, bat ich sie darum. Am nächsten Tag hielt sie vor der Post von La Ciotat an, sagte aber nicht, was sie hier wollte. Wir traten ein, ich mehr tot als lebendig vor Angst, und das Mädchen hinter dem Schalter fragte mich auch prompt:

«Wieder ein Gespräch mit Florenz?»

Glücklicherweise achtete Micky nicht darauf, oder sie fühlte sich angesprochen. Tatsächlich wollte sie ein Telegramm nach Florenz aufgeben. Es machte ihr viel Spaß, es aufzusetzen. Ich mußte es lesen. Es war das berühmte Telegramm mit den vielen Küssen.

Am 17. Juni, drei Tage später, kam Jeanne in ihrem weißen Fiat an. Die Abenddämmerung war schon hereingebrochen. Die Villa war voller Menschen, junge Männer und Mädchen, die Micky am Strand in der Umgebung getroffen und dann mitgebracht hatte. Ich lief auf Jeanne zu, die ihren Wagen abstellte. Sie begnügte sich damit, mir einen ihrer Koffer zu reichen und zog mich dann auf das Haus zu.

Ihre Ankunft hatte zunächst das Signal zum Schweigen, dann zum Aufbruch gegeben. Micky sprach nicht mit Jeanne, sie verabschiedete im Garten mit tragischer Miene ihre Gäste und forderte alle auf, zu gelegenerer Zeit wiederzukommen. Sie war betrunken und überspannt. Jeanne, die mir in dem leichten Kleid viel jünger vorkam, war schon dabei, die Zimmer wieder in Ordnung zu bringen. Ich half ihr dabei.

Micky kam zurück, ein Glas in der Hand, und ließ sich in einen Sessel fallen. Sie verlangte, ich solle aufhören, Putzfrau zu spielen und erinnerte mich an das, was sie mir damals gesagt hatte: *Wenn du einmal auf dieses lange Weibsbild hörst, mußt du es immer tun.*

Dann wandte sie sich an Jeanne: «Ich habe dich um einen Scheck gebeten, nicht um deinen Besuch. Gib mir den Scheck, schlaf hier, wenn du willst, aber laß dich morgen nicht mehr hier sehen.»

Jeanne ging auf sie zu, sah sie lange an, dann bückte sie sich, hob sie auf und trug sie unter die Dusche. Als ich später am Rand des Schwimmbeckens saß, kam sie wieder zu mir. Sie sagte, Micky sei müde und habe sich hingelegt; wir beide könnten ein bißchen spazierenfahren.

Ich stieg in ihren Wagen, und bald hielten wir in einem Kiefernwald zwischen Cap Cadet und Les Lecques.

«Am 4. Juli ist dein Geburtstag», sagte Jeanne zu mir. «Ihr werdet im Restaurant essen und ein kleines Fest zusammen feiern, das wird später ganz natürlich aussehen. In dieser Nacht wird es geschehen. In welchem Zustand ist die Dichtung?»

«Sie ist schon ganz schwammig, aber ... Hören Sie: Ihr Plan ist verrückt! Die Schraubenmutter läßt das Gas doch nicht durch.»

«Die Mutter, die an diesem Abend auf dem Rohr sein wird, wird es durchlassen, du Unschuldslamm! Ich habe eine andere besorgt. Es ist genau die gleiche; der Klempner hat sie damals liegen lassen, weil sie gerissen ist ... Der Riß ist mittlerweile total durchgerostet. Kapierst du das, ja? Von dieser Seite werden also nach dem Brand in den Untersuchungen und Gutachten keine Probleme auftauchen. Das Bad ist erst in diesem Jahr installiert worden – na schön; man wird eine kaputte Schraubenmutter finden. Sie ist mit der Zeit durchgerostet – das kommt doch vor. Das Haus ist viel zu niedrig versichert; auch dafür habe ich gesorgt, und ich wußte, warum. Sogar die Versicherungen werden die Sache fallen lassen. Das einzige Problem bist du.»

«Ich?»

«Wie wirst du an ihre Stelle treten können?»

«Ich dachte, Sie hätten auch dafür schon einen Plan. Hoffentlich ist er anders, als ich es mir vorstelle.»

«Es gibt keine andere Möglichkeit.»

«Muß ich alles allein machen?»

«Wenn ich mit in den Brand verwickelt gewesen bin, macht es sich nicht so gut, wenn ich dich identifiziere. Und es ist doch wichtig, daß ich dich als erste erkenne. Außerdem, was glaubst du, was passiert, wenn ich hier bin?»

«Ich weiß es nicht.»

«Dann dauert es keine achtundvierzig Stunden, und alles kommt heraus. Wenn ihr beide aber allein seid, wenn du alles tust, was ich dir sage, dann wird niemand Verdacht schöpfen.»

«Muß ich Micky bewußtlos schlagen?»

«Nein. Micky wird betrunken sein. Du wirst ihr eine Schlaftablette mehr als gewöhnlich geben. Da man Micky später für dich halten soll und bestimmt eine Autopsie vornehmen wird, mußt du dafür sorgen, daß alle Welt erfährt, daß du Schlafmittel nimmst. Und an dem Abend mußt du, möglichst vor Zeugen, genau dasselbe zu dir nehmen wie sie.»

«Und ich muß mich verbrennen?»

Hatte Jeanne in diesem Augenblick meinen Kopf an ihre Wange gelegt, um mich zu trösten? Sie gab es jedenfalls vor, als sie mir von dieser Unterhaltung berichtete; sie sagte auch, daß sie mich damals in ihr Herz geschlossen habe.

«Das ist das einzige Problem. Wenn es nämlich noch möglich ist, dich wiederzuerkennen, dann sind wir reingefallen. Dann hat es keinen Zweck, weiterzuspielen; dann müßte ich dich als Do identifizieren.»

«Ich . . . das werde ich niemals können.»

«Doch, du wirst es können. Ich schwöre dir, wenn du tust, was ich dir sage, wird es nicht länger als fünf Sekunden dauern. Danach wirst du nichts mehr spüren. Ich werde da sein, wenn du aufwachst.»

«Was darf nicht mehr zu erkennen sein? Woher soll ich überhaupt wissen, daß ich nicht . . . daß ich nicht draufgehe dabei?»

«Das Gesicht und die Hände», erwiderte Jeanne. «Fünf Sekunden, nachdem du das Feuer spürst, wirst du außer Gefahr sein.»

Ich hatte es gekonnt. Jeanne war zwei Wochen bei uns geblieben. Am 30. Juni hatte sie eine Geschäftsreise nach Nizza vorgeschützt. Ich mußte drei Tage mit Micky allein bleiben. Ich mußte weitermachen, als sei nichts geschehen. Ich mußte bis zum Ende gehen.

Am Abend des 4. Juli wurde der MG in Bandol gesehen. Micky wurde gesehen, wie sie sich mit ihrer Freundin Domenica betrank. Die beiden waren in Gesellschaft von einem halben Dutzend junger Leute aus ihrer Bekanntschaft. Um ein Uhr morgens raste der kleine weiße Wagen in Richtung Cap Cadet; Domenica saß am Steuer.

Eine Stunde später stand die eine Hälfte der Villa in Flammen. Es war die Seite, an der die Garage und das Badezimmer von Domenica lagen. Ein Mädchen von zwanzig Jahren mußte im Nebenzimmer lebendig verbrennen; sie trug an der rechten Hand einen Ring, dadurch konnte sie als Do identifiziert werden. Dem anderen Mädchen war es nicht gelungen, sie aus den Flammen zu zerren, aber es hatte offensichtlich versucht, die andere zu retten. Das Feuer griff auf das Erdgeschoß über, und hier vollführte die Marionette ihre letzten Bewegungen. Sie zündete ein Stoffbündel an – es war ein Nachthemd von Micky – nahm es in die Hände, schrie laut auf und steckte dann den Kopf hinein ... Fünf Sekunden später war tatsächlich alles vorbei. Sie lag am Fuß einer Treppe, hatte das Schwimmbecken nicht mehr erreicht, in dem jetzt nicht mehr Boccia gespielt wurde und dessen Wasser sich immer häufiger kräuselte, wenn durch Funkenflug brennende Balkensplitter hineinfielen.

Ich hatte es gekonnt.

«Um wieviel Uhr bist du zuerst zur Villa zurückgekommen?»

«Gegen zehn», sagte Jeanne. «Ihr wart schon vor einer ganzen Weile zum Essen gefahren. Ich habe die Schraubenmutter ausgewechselt und die Sparflamme aufgedreht, ohne sie anzuzünden. Du brauchtest nur noch einen benzingetränkten brennenden Lappen in das Zimmer zu werfen. Du solltest es tun, nachdem du Micky die Schlaftabletten gegeben hattest. Ich nehme an, daß du dich daran gehalten hast.»

«Wo warst du?»

«Ich bin nach Toulon zurückgefahren, um dort gesehen zu werden. Ich bin in ein Restaurant gegangen und habe gesagt, daß ich von Nizza käme und auf dem Wege nach Cap Cadet sei. Als ich wieder zur Villa kam, brannte sie noch nicht. Es war zwei Uhr morgens; es mußte eine Verzögerung eingetreten sein. Um diese Zeit sollte alles längst vorbei sein. Vermutlich wollte Micky noch nicht nach Hause gehen. Ich weiß es nicht. Du solltest ein plötzliches Unwohlsein vortäuschen, damit sie dich gegen eins nach Hause bringen mußte. Irgend etwas ist schiefgegangen, denn du hast den Wagen auf der Rückfahrt gelenkt. Vielleicht haben sich die Zeugen auch geirrt, ich weiß es nicht.»

«Und was hast du gemacht?»

«Ich habe auf der Straße gewartet. Etwa um viertel nach zwei habe ich die ersten Flammen gesehen. Ich habe immer noch gewartet, denn ich wollte nicht als erste am Unglücksort ankommen. Als ich dich von der Treppe vor dem Haus aufhob, stand etwa ein halbes Dutzend Leute hilflos um dich herum. Sie waren noch im Pyjama oder im Morgenrock. Die Feuerwehr von Les Lecques war sofort gekommen und hatte den Brand eingedämmt.»

«War es vorgesehen, daß ich versuchen sollte, sie aus meinem Zimmer zu ziehen?»

«Nein. Aber es war keine schlechte Idee; die Inspektoren von Marseille waren sehr beeindruckt davon. Aber es war gefährlich. Ich denke übrigens, daß du deswegen von Kopf bis Fuß schwarz warst. Du warst in deinem Zimmer wie in einer Falle eingeschlossen und mußtest aus dem Fenster springen. Du solltest das Nachthemd erst im Erdgeschoß anzünden. Wir hatten hundertmal berechnet, wieviel Schritte du bis zum Schwimmbecken gehen müßtest – siebzehn waren es. Du solltest außerdem das Nachthemd erst anbrennen, wenn die Nachbarn herbeiliefen, damit du im Augenblick, wo sie ankamen, in das Bassin springen konntest. Es scheint, daß du nicht aufgepaßt hast. Vielleicht bist du auch nicht hineingesprungen, weil du Angst hattest, daß man dich nicht schnell genug wieder herausfischen würde.»

«Als das Feuer auf meinen Kopf kam, muß ich wohl ohnmächtig geworden sein und konnte nicht mehr so weit laufen.»

«Ich weiß es nicht. Deine Schädelwunde war sehr groß und sehr tief. Dr. Chaveres glaubt, daß du aus dem ersten Stock gesprungen bist.»

«Mit diesem Nachthemd um den Kopf hätte ich sterben können, wenn ich das Wasser nicht erreichte! Dein Plan war einfach verrückt, und du weißt es.»

«Nein. Wir haben vier ähnliche Nachthemden verbrannt. Das hat nie mehr als sieben Sekunden gedauert, ohne Wind. Du mußtest das Schwimmbad nach siebzehn Schritten erreichen. Bei fünf Sekunden, sogar bei sieben Sekunden, nur Hände und Gesicht, konntest du nicht sterben. Diese Wunde am Kopf war nicht vorgesehen, ebensowenig die Brandwunden am Körper.»

«Habe ich sonst noch etwas getan, was nicht vorgesehen war? Warum habe ich dir nicht bis zum Schluß gehorcht?»

«Ich erzähle dir diese Dinge, wie ich sie sehe», sagte Jeanne. «Vielleicht brachtest du es nicht über dich, mir einfach zu gehorchen. Vielleicht war alles viel komplizierter. Du hattest Angst vor dem, was du tun solltest, Angst vor den Folgen und Angst vor mir. Ich denke mir, du hast im letzten Augenblick überflüssigerweise beschlossen, dem Plan etwas hinzuzufügen. Sie wurde an der Zimmertür gefunden; sie hätte aber in ihrem Bett, oder wenigstens in der Nähe des Bettes liegen sollen ... Vielleicht hast du wirklich einen Augenblick lang vorgehabt, sie zu retten. Ich weiß es nicht.»

In diesem Oktober hatte ich zehn, fünfzehn Nächte lang immer den gleichen Traum: Ich versuchte mit äußerster Kraftanstrengung, aber ohne jeden Erfolg, ein Mädchen mit langen Haaren aus den Flammen zu tragen, vor dem Ertrinken zu retten oder aus einem riesigen, führerlos dahinrasenden Fahrzeug zu zerren. Ich wachte auf und war eiskalt; ich wußte, daß ich feige war. Zu feige, um einer Unglücklichen Schlaftabletten zu geben, so daß sie bei Bewußtsein war, als sie verbrannte. Zu feige, mir einzugestehen, daß ich sie nicht hatte retten wollen ... Nur darum hatte ich das Gedächtnis verloren: Weil ich es nicht ertragen konnte, mich zu erinnern.

Wir blieben bis Ende Oktober in Paris. Ich sah Filme von Micky. Immer wieder. Zwanzig-, dreißigmal. Ich studierte ihre Bewegungen, ihren Gang und die typische Art, mit der sie plötzlich in die Kamera blickte und mich ansah.

«Sie hatte die gleiche Heftigkeit in der Stimme», sagte Jeanne zu mir. «Du sprichst zu langsam. Sie begann schon immer mit einem neuen Satz, ehe sie den vorhergehenden beendet hatte. Sie sprang von einer Idee zur anderen, als ob der andere längst begriffen haben müßte, was sie sagen wollte.»

«Sie war sicher klüger als ich.»

«Das habe ich nicht gesagt. Komm, versuch's noch einmal.»

Ich versuchte es. Ich machte Fortschritte. Jeanne gab mir eine Zigarette, reichte mir Feuer und meinte:

«Du rauchst wie sie, nur ... du *rauchst*. Sie machte zwei Züge, dann drückte sie die Zigarette aus. Präg dir das endlich ein: Sie ließ alles, was sie in die Hand nahm, sofort wieder fallen. Sie interessierte sich nie länger als einige Sekunden für einen Gedanken; sie wechselte ihre Kleider dreimal am Tag; Verehrer ertrug sie normalerweise kaum eine Woche; heute wollte sie Pampelmusensaft und morgen Wodka ... Zwei Züge, dann drückst du sie aus. Es ist nicht schwer. Du mußt dir gleich darauf eine neue Zigarette anstecken, das ist sogar sehr gut.»

«Aber wird das nicht sehr teuer?»

«Ah, jetzt sprichst du, nicht sie. Das darfst du nie wieder sagen.»

Sie setzte mich ans Steuer des Fiat. Nach einigen Versuchen konnte ich ihn ohne Schwierigkeiten fahren.

«Was ist aus dem MG geworden?»

«Er stand ausgebrannt in der Garage ... Komisch, du hältst das Steuer wie sie. Du hast gut beobachtet. Natürlich war ihr Wagen der einzige, den du je gefahren hast. Wenn du artig bist, kaufe ich dir so einen, wenn wir im Süden sind. Mit ‹deinem› Geld.»

Sie kleidete und schminkte mich wie Micky. Ich trug weite Röcke aus grobem Wollstoff, Leinenunterröcke in Weiß, Flaschengrün oder Himmelblau. Dazu Schuhe von der Raffermi.

«Wie war es, als du noch Absatzmacherin warst?»

«Scheußlich. Dreh dich ein bißchen, damit ich besser sehen kann.»

«Wenn ich mich drehe, schmerzt mein Kopf.»

«Du hast hübsche Beine. Hatte sie auch ... Sie hielt das Kinn höher – schau mal, so. Ja, gut. Jetzt geh hin und her!»

Ich ging hin und her. Ich setzte mich. Ich stand auf. Ich machte einen Walzerschritt. Ich öffnete eine Schublade. Ich sprach mit neapolitanischem Akzent. Ich lachte heller, durchdringender. Ich blieb mit gespreizten Beinen stehen, einen Fuß vorgestellt. Ich wiegte den Kopf zweifelnd hin und her, den Blick nach unten gerichtet. Ich tat, was sie sagte.

«Nicht schlecht. Wenn du dich in einem solchen Rock hinsetzt, zeig deine Beine nicht mehr, als nötig ist. Stell sie schräg, mehr parallel, so ... Manchmal erinnere ich mich schon nicht mehr, wie sie etwas machte.»

«Besser als ich, auf alle Fälle.»

«Das hab ich nicht gesagt.»

«Aber du denkst es. Du bist nervös. Ich tue, was ich kann, du weißt es. Aber diese Dinge gehen über meinen Verstand.»

«Ich höre sie sprechen. Weiter.»

Das war Mickys kleine Rache. Sie war viel gegenwärtiger als die Domenica von damals, und sie war es, die meine schweren Beine und meinen erschöpften Geist führte.

Eines Tages brachte Jeanne mich zu Freunden der Toten. Sie ließ mich keinen Augenblick allein, sie erzählte von meinem Unglück, und alles ging gut.

Tags darauf durfte ich ans Telefon gehen. Ich wurde bedauert, bestürmt und angefleht, eine Zusammenkunft von fünf Minuten zu gewähren. Jeanne hatte einen zweiten Hörer und erklärte mir schnell, mit wem ich sprach.

Doch als Gabriel, der Geliebte der früheren Do, eines Morgens anrief, war sie nicht da. Er sagte, er wisse von meinen Schwierigkeiten und erklärte mir selbst, wer er sei.

«Ich muß Sie sprechen», fügte er hinzu.

Ich wußte nicht, wie ich meine Stimme verstellen sollte. Dazu hatte ich Angst, eine Dummheit zu sagen, so schwieg ich.

«Hören Sie noch?» fragte er.

«Ich kann Sie jetzt nicht empfangen. Ich muß nachdenken. Sie wissen nicht, in welchem Zustand ich bin.»

«Hören Sie gut zu: Ich muß Sie sprechen. Drei Monate lang konnte ich Sie nicht erreichen, jetzt lasse ich mich nicht mehr abweisen. Ich muß Verschiedenes wissen. Ich komme.»

«Ich werde nicht öffnen.»

«Sehen Sie sich vor», sagte er. «Ich habe eine häßliche Eigenschaft: ich bin hartnäckig. Ihr Zustand geht mich nichts an, aber Do ist tot. Kann ich kommen oder nicht?»

«Bitte verstehen Sie doch. Ich empfange überhaupt keinen Besuch. Lassen Sie mir ein wenig Zeit. Ich verspreche Ihnen, daß Sie bald kommen können.»

«Ich komme», sagte er.

Jeanne war vor ihm da und empfing ihn. Ich hörte ihre Stimme aus der Eingangshalle im Erdgeschoß. Ich lag auf dem Bett und drückte einen behandschuhten Finger an den Mund. Nach kurzer Zeit wurde die Eingangstür wieder geschlossen, Jeanne kam und nahm mich in ihre Arme.

«Er ist nicht gefährlich. Er meint, es gehört sich, daß er sich von dir genau erzählen läßt, wie seine kleine Freundin gestorben ist. Aber das wird nicht lange dauern. Beruhige dich.»

«Ich will ihn nicht sehen.»

«Du wirst ihn nicht sehen. Das ist vorbei. Er ist gegangen.»

Ich wurde eingeladen. Die Leute wußten nicht, was sie zu mir sagen sollten und begnügten sich damit, Jeanne ein paar Fragen zu stellen und mir alles Gute zu wünschen.

Zwei oder drei Tage vor unserer Abreise nach Nizza gab Jeanne an einem regnerischen Abend in der Rue de Courcelles sogar selbst einen kleinen Empfang. Er sollte eine Art Generalprobe sein, bevor ich endgültig meine neue Existenz begann.

Wir saßen in einem Zimmer im Erdgeschoß; Jeanne unterhielt sich am anderen Ende des Raumes mit einigen Bekannten, als ich François Roussin eintreten sah. Er war nicht eingeladen. Jeanne bemerkte ihn sofort und kam, unterwegs mal mit dieser, mal mit jener Gruppe plaudernd, langsam zu mir herüber.

François erklärte mir, er sei nicht als fordernder Liebhaber gekommen, sondern als Sekretär und Begleiter seines Chefs. Seine nächsten Sätze waren nicht geeignet, mich davon zu überzeugen, aber da trat Jeanne zu uns.

«Lassen Sie sie in Ruhe, oder ich werfe Sie hinaus», sagte sie leise.

«Sie sollten nie drohen, wenn Sie nicht fähig sind, Ihre Drohung wahrzumachen.»

Auch er sprach leise; die Szene mußte aussehen wie ein Gespräch unter guten Freunden. Ich nahm Jeannes Arm und bat François, zu gehen.

«Ich muß mit dir sprechen, Micky», beharrte er.

«Das hast du doch schon getan.»

«Es gibt da ein paar Dinge, die ich dir nicht gesagt habe.»

«Du hast mir genug gesagt.» Diesmal ergriff ich die Initiative und zog Jeanne fort.

Er ging sogleich. Ich sah ihn mit François Chance flüstern, und als er sich in der Vorhalle den Mantel anzog, kreuzten sich unsere Blicke. Ich las die Wut in dem seinen und wandte mich ab.

Später, als die Gäste gegangen waren, drückte Jeanne mich lange an sich. Sie sagte, ich hätte mich großartig gehalten, und wir würden unser Ziel schon erreichen. Eigentlich hätten wir es schon erreicht.

Nizza.

Mickys Vater, Georges Isola, war sehr mager, sehr bleich und sehr alt. Er sah mich an, wiegte den Kopf hin und her, Tränen in den Augen, und wagte nicht, mich zu küssen. Als er es endlich doch tat, weinten wir beide. Ich empfand für einen kurzen Augenblick etwas Seltsames. Ich war ohne Furcht und nicht unglücklich, sondern überwältigt von der Freude, ihn so glücklich zu sehen. Ich glaube, ich vergaß ein paar Minuten lang, daß ich nicht Micky war.

Ich versprach, ihn wieder zu besuchen. Ich versicherte ihm auch, daß es mir gut gehe. Ich ließ ihm Geschenke und Zigaretten da und hatte das Gefühl, mich schändlich zu benehmen. Jeanne brachte mich fort. Im Auto konnte ich mich ausweinen, aber Jeanne eröffnete mir, daß wir von meiner Gemütsbewegung profitieren müßten; sie habe eine Verabredung mit Dr. Chaveres getroffen. Wir fuhren sofort zu ihm. Sie versprach sich etwas davon, mich ihm in diesem Zustand zu präsentieren.

Er mußte tatsächlich glauben, der Besuch bei meinem Vater habe mich so erschüttert, daß meine Heilung gefährdet sei. Er fand mich physisch und psychisch sehr matt und ordnete an, daß Jeanne mich noch einige Zeit isoliert halten sollte. Eben dies hatte sie erreichen wollen.

Er sah genauso aus, wie ich ihn in der Erinnerung hatte: Schwer, mit kahlem Kopf und dicken Fleischerhänden. Dabei hatte ich ihn nur einmal vor oder nach meiner Operation zwischen zwei Ohnmachten gesehen. Während er in den Krankenpapieren blätterte, die ihm Dr. Doulin, sein Schwager, geschickt hatte, berichtete er von dessen Bedenken.

«Warum sind Sie nicht mehr zu ihm gegangen?»

«Diese Behandlungen», griff Jeanne ein, «versetzten sie in einen schrecklichen Zustand. Ich habe ihn angerufen. Er hat selbst entschieden, daß es besser sei, damit aufzuhören.»

Chaveres, der älter und vielleicht auch energischer war als Dr. Doulin, sagte zu Jeanne, daß er mich gefragt habe und ihr dankbar wäre, wenn sie mich mit ihm allein ließe. Das lehnte sie ab.

«Ich will wissen, was mit ihr geschieht. Ich habe Vertrauen zu Ihnen, aber ich lasse sie mit niemand allein. Sie können auch vor mir mit ihr sprechen.»

«Was verstehen Sie davon?» knurrte er. «Ich sehe aus diesen Berichten, daß Sie tatsächlich bei allen Zusammenkünften, die Dr. Doulin mit ihr hatte, dabei gewesen sind. Seit sie aus der Klinik entlassen ist, ist er keinen Schritt weitergekommen bei ihr. Wollen Sie, daß sie gesund wird, ja oder nein?»

«Ich möchte, daß Jeanne hierbleibt», sagte ich. «Wenn sie gehen muß, gehe ich auch. Dr. Doulin hatte mir versprochen, daß meine Erinnerungen nach ganz kurzer Zeit wiederkehren würden. Ich habe alles getan, was er wollte. Ich habe mit Würfeln und Drähten gespielt. Ich habe ihm stundenlang von meinen Beschwerden erzählt. Er hat mir Spritzen gegeben. Wenn er sich geirrt hat, so ist es nicht Jeannes Schuld.»

«Er hat sich geirrt», seufzte Chaveres, «aber ich beginne zu begreifen, warum er sich geirrt hat.»

Ich sah die Seiten mit meinen unbewußten Schreibereien in dem Aktenstück, das er geöffnet hatte.

«Er hat sich geirrt?» fragte Jeanne erstaunt.

«Oh, bitte gebrauchen Sie nicht dieses Wort, als ob Sie wüßten, was es bedeutet ... Sehen Sie, eine Hirnverletzung liegt nicht vor. Nur das Erinnerungsvermögen der Kleinen ist, wie bei einem alten Schwachsinnigen, bei ihrem fünften oder sechsten Lebensjahr stehengeblieben. Ihre Gewohnheiten haben sich nicht geändert. Jeder Gehirnspezialist würde da nun eine partielle Gedächtnisschwäche diagnostizieren. In ihrem Alter müßte sie aber den Schock und die Aufregung, die eine solche Amnesie ausgelöst haben könnten, nach ein paar Wochen, nach einem Vierteljahr meinetwegen, überwunden haben. Wenn Dr. Doulin sich geirrt hat, dann hat er das bestimmt längst gemerkt, so wie ich ihn kenne. Ich bin Chirurg und kein Psychiater ... Haben Sie gelesen, was die Kleine geschrieben hat?»

«Ich habe es gelesen.»

«Was ist so bemerkenswert an den Worten *Hände, Haare, Augen, Nase, Mund*? Dies sind die Ausdrücke, die immer wiederkehren.»

«Ich weiß es nicht.»

«Ich auch nicht. Aber ich weiß, daß diese junge Dame schon *vor* dem Unfall krank gewesen sein muß. War sie überspannt, jähzornig, selbstsüchtig? Neigte sie dazu, sich selbst zu bemitleiden oder im Schlaf zu weinen? Litt sie unter Albträumen? Haben Sie plötzliche Zornesausbrüche an ihr gekannt, so wie damals, als sie auf meinen Schwager losgehen wollte?»

«Ich verstehe das nicht. Micky ist zwanzig Jahre alt, sie ist leicht erregbar, vielleicht ist sie sogar jähzornig, aber sie war nicht krank. Sie war sogar sehr gescheit.»

«Großer Gott! Ich habe nie gesagt, daß sie nicht gescheit war. Verstehen Sie mich doch richtig. Schon vor dem Brand zeigte die Kleine offenbar eine gewisse Anlage zur Hysterie. Wenn ich behaupte, daß sie *krank* war, so beruht das auf meiner persönlichen Ansicht davon, wo das Normale aufhört und das Krankhafte anfängt. Immerhin gehören der Verlust des Gedächtnisses und der Sprache zu den klassischen Symptomen der Hysterie.»

Er erhob sich und kam um den Tisch herum auf mich zu. Ich saß neben Jeanne auf dem Ledersofa seines Sprechzimmers. Er hob mein Kinn hoch. Ich mußte mich Jeanne zuwenden.

«Macht sie einen schwachsinnigen Eindruck? Ihr Gedächtnisschwund ist nicht partiell, sondern elektiv. Das ist etwas ganz anderes ... Einfacher ausgedrückt: Es ist nicht wahr, daß sie einen bestimmten zeitlich begrenzten Abschnitt ihres Lebens, und zwar einen sehr großen, einfach vergessen hätte. Sie *weigert* sich vielmehr, sich an etwas oder an jemanden zu erinnern. Wissen Sie, warum Dr. Doulin zu diesem Schluß gekommen ist? Weil sogar bis zu ihrem vierten oder fünften Jahr Lücken bestehen. Dieses Etwas oder dieser Jemand muß direkt oder indirekt seit ihrer Geburt mit so vielen Erinnerungen in Zusammenhang stehen, daß sie alle, eine nach der anderen, ausgelöscht hat. Verstehen Sie, was ich sagen will? Sie haben sicher schon einmal Steine ins Wasser geworfen – nun, die kreisförmigen Wellen, die sich dabei bilden, haben eine gewisse Ähnlichkeit mit diesen Vorgängen.»

Er ließ mein Kinn los und zeichnete Kreise in die Luft. «Nehmen Sie meine Röntgenaufnahme und den Operationsbericht», fuhr er fort, «und Sie werden feststellen, daß meine Tätigkeit sich darauf beschränkte, die Kleine zusammenzuflicken. Hundertvierzehn Stiche. Glauben Sie mir, ich hatte eine gute Hand in dieser Nacht, und ich bin sehr vorsichtig gewesen; ich bin ganz sicher, daß ich nichts verkorkst habe. Es liegt keine organische Verletzung vor; es handelt sich auch nicht um die Nachwirkung eines Schocks, das empfindet sie möglicherweise selber. Nein ... es ist die charakteristische psychische Weigerung eines Menschen, der schon *vorher* krank war.»

Ich konnte es nicht länger ertragen. Ich stand auf und bat Jeanne, mich fortzubringen.

Dr. Chaveres hielt mich am Arm zurück. «Ich *will* dir Angst machen», sagte er eindringlich. «Vielleicht wirst du von selbst gesund, vielleicht auch nicht. Aber wenn ich dir einen Rat geben darf, einen ehrlichen, guten Rat, dann komm wieder in meine Sprechstunde. Und auch daran solltest du denken: Der Brand ist nicht durch deine Schuld entstanden; das Mädchen ist nicht durch deine Schuld gestorben. Ob du dich nun weigerst, dich an sie zu erinnern oder nicht – sie hat gelebt. Sie war hübsch, sie war in deinem Alter, sie hieß Domenica Loï; jetzt ist sie tot, und du kannst nichts mehr daran ändern.»

Er fiel mir in den Arm, ehe ich zuschlagen konnte. Er sagte noch zu Jeanne, er verlasse sich auf sie; ich solle unbedingt wiederkommen.

Wir blieben drei Tage in Nizza in einem Hotel am Meer. Der Oktober ging zu Ende, aber es waren noch einige Badegäste am Strand. Ich sah ihnen vom Fenster unseres Zimmers aus zu und redete mir ein, daß ich die Stadt wiedererkannte und den Geruch von Salz und Algen, den der Wind herübertrug.

Um nichts in der Welt würde Jeanne mich wieder zu Dr. Chaveres bringen. Sie hielt ihn für einen Trottel, der obendrein noch brutal war. Er sei nicht hysterisch – er sei schon ein ausgewachsener Paranoiker. Er habe so viele Köpfe zusammengeflickt, daß sich sein eigenes Gehirn darüber in so etwas wie ein Nadelkissen verwandelt habe. Wenn es Lücken zu füllen gebe, dann in seinem Gehirn.

Ich hätte ihn trotz allem gern wiedergesehen. Er war brutal, aber es tat mir leid, daß ich ihn unterbrochen hatte. Er hatte mir noch nicht alles gesagt.

«Er glaubt, daß du dich selbst vergessen willst», machte Jeanne sich über ihn lustig. «Darauf läuft es hinaus.»

«Sei nicht albern. Wenn er wüßte, wer ich bin, würde er seine These umkehren. Dann würde ich Micky vergessen wollen.»

«Wenn er es umkehrte, würde seine schöne Theorie doch sofort in sich zusammenstürzen! Ich weiß nicht, was er unter Hysterie versteht; ich könnte mir zur Not noch vorstellen, daß Micky manchmal hysterisch war, aber du – nein. Du warst ganz normal. Ich habe dich nie so erregt oder bösartig erlebt, wie sie es sein konnte.»

«Aber ich wollte Dr. Doulin schlagen, und dich habe ich geschlagen. Das stimmt zumindest.»

«An deiner Stelle und in deinem Zustand würde das jeder getan haben. Ich an deiner Stelle hätte eine Eisenstange genommen!»

Am dritten Tag eröffnete Jeanne mir, daß wir nach Cap Cadet zurückgehen würden. Die Testamentseröffnung stand bevor. Sie müsse daran teilnehmen und mich deshalb für einige Tage mit einer Bedienerin allein lassen. Sie traute mir noch nicht zu, meine Rolle erfolgreich in Florenz zu spielen. In Cap Cadet hatte man zwei Wochen nach dem Brand mit den Reparaturarbeiten begonnen, nur das Zimmer von Domenica war noch nicht wieder bewohnbar. Ich würde fern von allen Bekannten sein, und das Leben dort würde mich schneller wieder gesund machen.

Über diesen Punkt entstand unser erster Streit seit damals, als ich ihr in den Straßen von Paris ausgerissen war. Ich fand die Vorstellung verrückt, in die Villa zurückzukehren, wo unmöglich alle Spuren des Brandes ausgelöscht sein konnten, um ausgerechnet dort Heilung zu suchen. Aber wie immer gab ich nach.

Am Nachmittag ließ Jeanne mich für eine Stunde auf der Terrasse des Hotels allein. Sie kam mit einem neuen Fiat 1500 Kabriolett zurück; es war nicht weiß wie ihr Wagen, sondern himmelblau, und sie sagte, es gehöre mir. Sie gab mir die Papiere und die Schlüssel, und ich machte mit ihr eine Fahrt durch Nizza.

Am nächsten Morgen fuhren wir hintereinander die Uferstraße entlang auf die Straße nach Toulon; sie fuhr in ihrem Wagen voraus, ich folgte in meinem. Nachmittags kamen wir in Cap Cadet an. Madame Yvette erwartete uns, sie war noch eifrig dabei, den Schutt und Gips wegzuräumen, den die Maurer zurückgelassen hatten. Sie traute sich nicht, mir zu sagen, daß sie mich nicht wiedererkannte. Sie brach in Tränen aus und zog sich in ihre Küche zurück.

Das Haus war niedrig, mit einem fast flachen Dach. Die Malerarbeiten an den Außenwänden waren noch nicht ganz beendet. An der Seite, die der Brand verschont hatte, waren noch große rauchgeschwärzte Stellen zu sehen. Die Garage war wiederhergerichtet, ebenso das Eßzimmer, in dem Madame Yvette uns das Abendessen servierte.

«Ich weiß nicht, ob Sie immer noch so gern Meerbarben essen», sagte sie zu mir, «aber ich dachte, daß Sie sich vielleicht darüber freuen würden . . . Was sagen Sie nur dazu, daß Sie wieder in unserer schönen Gegend sind?»

«Laß sie in Ruhe», fuhr Jeanne dazwischen.

Der Fisch schmeckte mir, und ich sagte, er sei sehr gut. Madame Yvette war dadurch ein wenig getröstet.

«Du könntest dich ruhig ein bißchen zusammennehmen», sagte sie zu Jeanne. «Ich werde sie schon nicht fressen, deine Kleine.»

Als sie das Obst zum Nachtisch brachte, beugte sie sich über mich, küßte mich auf die Wange und sagte, daß Jeanne nicht die einzige sei, die sich Sorgen um mich mache. In diesen drei Monaten sei kein Tag vergangen, an dem sich nicht jemand aus Les Lecques nach den neuesten Nachrichten erkundigt habe.

«Er ist ein kleiner Flegel. Er ist noch gestern nachmittag hier gewesen, während ich oben saubermachte. Aber Sie dürfen ihm nicht böse sein.»

«Was ist er?»

«Ein Flegel, ein kleiner Flegel. Er wird kaum größer sein als Sie. Etwa zweiundzwanzig, dreiundzwanzig Jahre alt. Wirklich, Sie brauchen sich seiner nicht zu schämen. Er ist wunderschön, und er riecht so gut wie Sie. Ich muß es wissen, denn ich kenne ihn schon, seit er nicht höher war als der Tisch hier.»

«Und Micky soll ihn gekannt haben?» fragte Jeanne.

«Man muß es wohl glauben. Er hört nicht auf zu fragen, wo Sie sind und wann sie wiederkommen.»

Jeanne sah sie verärgert an.

«Oh, er wird schon wiederkommen», schloß Madame Yvette. «Er ist nicht weit von hier. Er arbeitet an der Post von La Ciotat.»

Ich hatte das Zimmer bezogen, das Micky am Anfang des Sommers bewohnt hatte. Um ein Uhr nachts schlief ich immer noch nicht. Madame Yvette war heim nach Les Lecques gegangen. Kurz vor Mitternacht hatte ich Jeanne in dem inzwischen wiederhergerichteten Bad gehört. Wahrscheinlich prüfte sie, ob nicht doch noch ein verräterisches Indiz zurückgeblieben war, das die Polizisten und die Handwerker übersehen hatten.

Dann ging sie in ihr Schlafzimmer, das dritte am Ende des Ganges. Ich stand auf und folgte ihr. Sie lag auf dem Bett und las ein Buch mit dem Titel *Krankhafte Gedächtnisstörungen* von einem gewissen Delay.

«Lauf doch nicht barfuß», mahnte sie. «Setz dich, oder nimm meine Schuhe ... Ich muß übrigens auch noch in irgendeinem Koffer Hausschuhe haben.»

Ich nahm ihr das Buch aus der Hand, legte es auf den Tisch und setzte mich zu ihr.

«Wer ist dieser Junge, Jeanne?»

«Keine Ahnung.»

«Erinnerst du dich noch genau, was ich alles am Telefon gesagt habe?»

«Nichts, was dich hindern könnte, jetzt zu schlafen. Er kann uns nur gefährlich werden, wenn er das Telegramm und auch die Telefongespräche kennt. Das ist nicht wahrscheinlich.»

«Hat La Ciotat ein großes Postamt?»

«Ich weiß nicht. Wir müssen es uns morgen ansehen. Geh jetzt wieder ins Bett ... Es ist übrigens gar nicht sicher, daß die Gespräche über La Ciotat gehen.»

«Wir haben ein Telefon hier. Ich habe unten einen Apparat gesehen. Wir könnten es sofort erfahren.»

«Mach keinen Unsinn. Geh schlafen!»

«Darf ich bei dir bleiben?»

Im Dunkeln sagte sie mir, sie habe etwas Schlimmes entdeckt, das noch viel beunruhigender für uns sei.

«Ich habe im Badezimmer unter einem Haufen mehr oder weniger verbrannter Sachen eine Rohrzange gefunden. Sie lag unten in einem Waschkessel. Mir gehört sie nicht. Ich habe meine, die ich an jenem Abend gebrauchte, fortgeworfen. Vielleicht hast du dir eine gekauft, damit du das Rohr jeden Tag aufschrauben konntest.»

«Das hätte ich dir gesagt. Und ich hätte sie auch nicht liegen lassen.»

«Ich weiß nicht recht ... Daran hatte ich nicht gedacht. Ich hatte angenommen, du hättest immer irgendwas aus der Werkzeugtasche des MG genommen. Jedenfalls haben sie das Ding bei der Untersuchung nicht gesehen. Oder nicht beachtet.»

Später rückte ich näher zu ihr und fragte, warum sie mich seit dem ersten Nachmittag in der Klinik liebgewonnen habe, und ob es nur wegen des Testamentes sei. Als sie nicht antwortete, sagte ich, daß ich mir von ganzem Herzen wünschte, mich zu erinnern und ihr zu helfen. Mein himmelblaues Auto sei wunderschön, und überhaupt alles, was von ihr komme.

«Laß mich doch endlich schlafen», knurrte sie.

In den folgenden Tagen betrieb ich das, was Jeanne mein ‹Training› nannte. An Madame Yvettes Verhalten konnte ich meine Fortschritte feststellen. Mehrmals am Tag wiederholte sie:

«Sie haben sich aber gar nicht verändert!»

Ich bemühte mich, lebhafter und ausgelassener zu sein. Jeanne hatte mir vorgeworfen, ich sei zu langweilig:

«Ausgezeichnet, du Waschlappen; mach nur so weiter, und wir werden zusammen in Südamerika auf den Strich gehen. Oder hast du Lust, in einem französischen Gefängnis zu landen?»

Da Madame Yvette fast den ganzen Tag in der Villa verbrachte, mußten wir sehr viel ausgehen. Jeanne fuhr mit mir nach Bandol, wie Micky es vor drei Monaten zu tun pflegte; noch lieber blieben wir aber, wenn die Sonne warm genug war, am Strand. Eines Nachmittags kam ein Fischer in seinem Boot vorbei; er schien sehr verwirrt, einen verspäteten Badegast im Schwimmanzug und mit weißen Handschuhen zu sehen.

Der Junge, von dem Madame Yvette erzählt hatte, war bisher noch nicht aufgetaucht. Das Postamt von La Ciotat schien uns zu groß, als daß es wahrscheinlich gewesen wäre, daß sich jemand an unsere Telefongespräche erinnerte, aber immerhin gingen Verbindungen nach Cap Cadet über dieses Amt.

Vier Tage vor der Testamentseröffnung packte Jeanne einen Koffer in ihren Wagen und reiste ab. Am letzten Abend fuhren wir in meinem zum Essen nach Marseille. Die Unterhaltung bei Tisch nahm einen unerwarteten Verlauf. Sie erzählte von ihren Eltern – sie war in Caserte geboren und trotz ihres Namens Italienerin – und von ihrer ersten Zeit bei der Raffermi. Es war ein heiteres, seltsam beschwingtes Gespräch. Auf der Rückfahrt hatte sie in den vielen Kurven zwischen Cassis und La Ciotat ihren Kopf auf meine Schulter gleiten lassen und einen Arm um mich gelegt. Ab und zu half sie mir beim Lenken.

Sie hatte mir versprochen, nur so lange in Florenz zu bleiben, bis alle Fragen, die das Testament betrafen, geklärt seien. Eine Woche vor ihrem Tode hatte die Raffermi eine Klausel eingefügt, die den Tag meiner Großjährigkeit als Eröffnungsdatum festlegte, falls sie vorher sterben sollte. Dies geschah aus kindischer Bosheit der alten Dame, um Micky zu ärgern (Theorie von Jeanne), oder einfach, weil sie fühlte, daß es rasch mit ihr zu Ende ging und sie ihren Bevollmächtigten einen Aufschub verschaffen wollte, um ihre Bücher abzuschließen (Theorie von François Chance). Ich sah nicht, was das ändern sollte. Aber Jeanne sagte, daß ein Kodizill viel mehr Probleme aufwerfen könne als die einfache Vollstreckung eines Testamentes, und daß jedenfalls viele Verwandte der Raffermi diese oder eine andere schwache Stelle dazu benutzen würden, uns Schwierigkeiten zu machen.

Seit unserem Besuch bei Mickys Vater war verabredet, daß Jeanne ihn in Nizza abholen sollte. Als wir voneinander Abschied nahmen, hinderte Madame Yvette durch ihre Gegenwart Jeanne daran, mir andere Ermahnungen zu geben als: «Leg dich viel hin» und «Sei vernünftig!»

Madame Yvette richtete sich in Jeannes Zimmer ein. Am ersten Abend konnte ich nicht schlafen. Ich ging hinunter in die Küche, um ein Glas Wasser zu trinken. Die Nacht schien herrlich zu sein, ich zog eine Jacke von Jeanne über mein Nachthemd und ging hinaus. In der Dunkelheit ging ich um das Haus herum. Als ich meine Hände in die Taschen steckte, fand ich ein Päckchen Zigaretten. Ich lehnte mich in der Ecke zwischen Haus und Garage an die Wand, nahm eine heraus und steckte sie in den Mund.

Dicht neben mir flammte ein Streichholz auf, und jemand gab mir Feuer.

6. Kapitel

Der Junge tauchte in der Junisonne vor Micky auf, als sie gerade ihr Magazin zuklappte. Sie lag an dem kleinen steinigen Strand beim Kap. Als er in seinem weißen Hemd und der verwaschenen Leinenhose vor ihr stand, kam er ihr im ersten Augenblick geradezu hünenhaft vor, doch dann sah sie, daß er nur knapp mittelgroß war. Dafür war er sehr hübsch mit seinen großen, dunklen Augen, der geraden Nase und den mädchenhaften Lippen. Er hatte eine komische Art, sich mit hochgezogenen Schultern gerade zu halten. Seine Hände steckten in den Hosentaschen.

Seit zwei oder drei Wochen wohnten Micky und Do in der Villa in Cap Cadet. An diesem Nachmittag war Micky allein; Do hatte den Wagen genommen, um in La Ciotat irgend etwas einzukaufen: eine Hose, die sie zusammen gesehen hatten, und die sie scheußlich fand, oder rosa Ohrringe, die ebenfalls scheußlich waren. Jedenfalls erzählte sie das später dem Jungen.

Er war vollkommen lautlos über die Steine herangekommen. Er war sehr schlank und hatte etwas von der lauernden Behendigkeit einer Katze an sich.

Micky setzte ihre Sonnenbrille wieder auf, um ihn besser betrachten zu können. Sie richtete sich auf und hielt dabei mit einer Hand das Oberteil ihres Bikinis fest, das sie aufgehakt hatte. Er fragte sie in akzentfreier Sprache, ob sie Micky sei und setzte sich, ohne ihre Antwort abzuwarten, mit einer wunderbar geschmeidigen Bewegung wie selbstverständlich neben sie. Nur der Ordnung halber wies sie ihn darauf hin, daß dies ein Privatstrand sei und sie ihm dankbar wäre, wenn er verschwinden würde.

Sie schien Mühe zu haben, ihren Büstenhalter wieder zuzuhaken; er beugte sich schnell zu ihr hinüber, und bevor sie wußte, was geschah, war der Haken in der Öse.

Dann wollte er baden. Er zog Hemd, Hose und Strandschuhe aus und ging in häßlichen khakifarbenen Armeeshorts ins Wasser.

Er schwamm so ruhig und lautlos wie er ging. Als er zurückkam, hingen kurze braune Haarsträhnen in seine Stirn. In seinen Hosentaschen suchte er nach Zigaretten und bot Micky auch eine an. Es war eine sehr zerdrückte Gauloise, nur noch zur Hälfte mit Tabak gefüllt. Als er ihr Feuer gab, fiel ein Tropfen Wasser auf ihren Schenkel.

«Wissen Sie, warum ich hier bin?»

Micky antwortete, das sei wohl nicht schwer zu erraten.

«Das denken Sie», sagte er. «Mädchen habe ich genug! Seit acht Tagen sehe ich mich hier um, aber glauben Sie mir, es ist nicht deswegen. Ich beobachte Ihre Freundin. Sie ist übrigens nicht übel. Was mich aber interessiert, das kann man nicht sehen, das sitzt da oben.»

Er wies mit dem Zeigefinger an seine Stirn, ließ sich nach hinten fallen und streckte sich in der Sonne aus, die Zigarette zwischen den Lippen, einen Arm unter den Kopf gelegt. Nachdem beide eine gute Minute geschwiegen hatten, wandte er sich ihr zu, nahm die Gauloise aus dem Mund und stellte fest:

«Na so was ... Neugierig sind Sie wohl gar nicht?»

«Also, was wollen Sie?»

«Wird aber auch langsam Zeit! Was werd ich schon wollen – was meinen Sie? Tausend Francs? Zehntausend Francs? Wieviel ist Ihnen Ihr Leben wert? Es gibt Filmgrößen, die sind versichert. Ihre Arme, ihre Beine, eben alles. Sind Sie auch versichert?»

Micky schien sich nicht mehr für das Gespräch zu interessieren. Sie nahm ihre Sonnenbrille ab, um nicht um die Augen herum weiß zu bleiben und murmelte, solche Geschäfte habe man ihr schon öfters angeboten, und er solle sich zum Teufel scheren.

«Täuschen Sie sich nicht. Ich bin kein Versicherungsagent.»

«Das ist mir klar.»

«Ich bin auch kein Gauner. Ich kann hören und sehen und kann Ihnen etwas Wichtiges mitteilen. Ich verlange nicht viel dafür. Für zehntausend Francs liefere ich Ihnen prima Arbeit.»

«Wenn ich jedesmal auf derartige Vorschläge eingegangen wäre, dann wäre ich jetzt ruiniert. Ziehen Sie sich jetzt endlich an?»

Er richtete sich auf und schien zur Vernunft zu kommen. Dann zog er sich mit geschmeidigen Bewegungen an; es machte Micky Freude, ihm dabei zuzusehen. Später sagte sie ihm das auch. In diesem Augenblick begnügte sie sich damit, ihn hinter halbgeschlossenen Lidern zu beobachten.

«*... Nimm zunächst einmal Jeanne – sie ist übergeschnappt*», redete er vor sich hin. Er hatte sich wieder gesetzt und starrte aufs Meer hinaus. «*Weißt du, unter welchem Tierkreiszeichen sie geboren ist? Stier. Hüte dich vor Stieren, mein Häschen. Sie haben alles im Kopf, aber nichts im Herzen ...*»

Micky setzte ihre Brille wieder auf. Sie sah ihn an, lächelte, zog ihr Hemd und die Strandschuhe über und stand auf. Sie hielt ihn am Hosenbein fest.

«Woher wissen Sie das?»

«Zehntausend.»

«Sie haben es von mir gehört. In einem Restaurant in Bandol. Haben Sie uns belauscht?»

«Ich bin seit dem letzten Sommer nicht in Bandol gewesen. Ich arbeite in La Ciotat. Bei der Post. Mein Dienst ist um 16.30 Uhr zu Ende. Ich habe es heute gehört, vor etwa einer Stunde... Ich muß jetzt gehen. Entscheiden Sie sich – ja oder nein?»

Micky bat ihn um eine Zigarette. Vielleicht wollte sie Zeit gewinnen. Er zündete eine an und reichte sie ihr, wahrscheinlich hatte er diese Geste seinem Filmhelden abgesehen.

«Bei der Post? War das ein Telefongespräch?»

«Mit Florenz», sagte er. «Ich bin kein Gauner. Ich gebe Ihnen mein Wort, daß meine Informationen gut zehntausend wert sind. Ich brauche einfach Geld, wie alle. Für Sie ist das doch gar nichts.»

«Sie sind verrückt. Gehen Sie!»

«Sie hat telefoniert. Ihre Freundin. Ihre Partnerin, so ungefähr: *‹Denk mal darüber nach. Schluß. Häng jetzt ein ...›*»

In diesem Augenblick hörte Micky den MG vor der Villa vorfahren. Do kam zurück. Sie nahm ihre dunkle Brille ab, sah den Jungen noch einmal von oben bis unten an und sagte, sie sei einverstanden. Er solle bekommen, was er verlangte, wenn seine Mitteilung für sie wertvoll sei.

«Die Information bekommen Sie erst, wenn ich das Geld sehe. Kommen Sie heute gegen Mitternacht zum Tabakgeschäft in Les Lecques. Dort ist ein Freilichtkino im Hof. Ich werde da sein.»

Damit ging er. Micky wartete auf Do. Sie kam im Badeanzug, hatte ein Handtuch um die Schultern gelegt und sah so entspannt und heiter aus, daß Micky sich vornahm, nicht zu diesem Tabakladen zu gehen. Es war spät; die Sonne ging schon unter.

«Was hast du gemacht?»

«Nichts», sagte Do. «Gebummelt. Gefallen sie dir?»

Do trug rosa Ohrringe. Sie ging ins Wasser wie immer: zuerst bespritzte sie sorgfältig Arme und Beine, dann sprang sie mit einem lauten Indianerschrei hinein.

Als sie im Auto zum Essen nach Bandol fuhren, warf Micky im Vorbeifahren einen Blick auf das Tabakgeschäft von Les Lecques. Alles war erleuchtet, und im Hof hinter dem Gebäude lief ein Film.

«Ich habe heute nachmittag einen komischen Jungen getroffen», sagte sie zu Do. «Einen komischen Jungen mit komischen Ideen.»

Und da Do keine Antwort gab, fügte sie hinzu, sie beginne tatsächlich, sich in dieser Gegend wohlzufühlen.

An diesem Abend brachte sie Do um zwanzig Minuten vor Mitternacht nach Hause. Sie sagte, sie habe vergessen, in die Apotheke zu gehen, sicher sei aber in La Ciotat noch eine geöffnet. Die Scheinwerfer leuchteten wieder auf, und sie fuhr ab.

Zehn Minuten vor Mitternacht ließ sie ihren Wagen in einer kleinen Seitenstraße in der Nähe des Tabakladens stehen. Sie betrat einen von Zeltplanen umgebenen Hof und sah den Schluß eines Schundfilms. Ein Klappstuhl war frei, sie nahm Platz und sah sich unter den Zuschauern um, konnte aber ihren kleinen Gauner nicht erkennen.

Er erwartete sie am Ausgang vor dem Tabakladen und starrte unverwandt auf die Leinwand. Seinen marineblauen Pullover hatte er lose um die Schultern gelegt und die Ärmel um den Hals geknotet.

«Wir können uns setzen», schlug er vor und nahm sein Glas.

Auf einer verlassenen Terrasse, im wechselnden Scheinwerferlicht der vorbeifahrenden Autos, nahm Micky zwei Scheine zu zehntausend und einen zu fünftausend Francs aus der Tasche ihrer Wollweste.

«Wenn Ihre Informationen sehr interessant sind, werde ich Ihnen den Rest geben.»

«Ich bin kein Gauner. Ich habe immer Vertrauen. Außerdem kann ich mir denken, daß Sie jetzt etwas für Ihr Geld erwarten.»

Er nahm die Scheine, faltete sie sorgsam und steckte sie ein. Dann berichtete er, daß er vor einigen Tagen ein Telegramm aus Florenz ausgetragen habe. An diesem Morgen sei der Junge, der sonst diese Wege machte, nicht im Dienst gewesen; so sei es gekommen, daß er es zustellen mußte.

«*Café de la Désirade*, in La Ciotat.»

«Was geht mich das an?» fragte Micky.

«Es war an Sie adressiert.»

«Ich lasse meine Post nicht in Cafés schicken.»

«Aber Ihre Freundin. Sie hat das Telegramm abgeholt. Ich weiß es, weil sie kurz danach in die Post kam. Ich gebe zu, daß ich in dem Augenblick die Zusammenhänge noch nicht übersah. Erst als sie ein Telefongespräch nach Florenz verlangte, begann ich, mich für sie zu interessieren. Die Kollegin in der Vermittlung kenne ich gut. Ich habe mitgehört und so erfahren, daß Ihre Freundin die Empfängerin des Telegramms war.»

«Wen rief sie in Florenz an?»

«Ich weiß es nicht. Das Telegramm war nicht unterzeichnet. Am Telefon war ein Mädchen. Es klang so, als ob sie weiß, was sie will. Wenn ich richtig verstanden habe, wenden Sie sich an sie, wenn Sie Geld brauchen. Wissen Sie jetzt, wer es ist?»

Micky nickte. Sie war ein wenig blaß geworden.

«Was stand in dem Telegramm?»

«Jetzt wird die Sache gefährlich ...» Der Junge zog ein schiefes Gesicht. «Ich hab das Gefühl, da will Sie jemand reinlegen – wegen Geld oder so, verstehen Sie? Aber es kann auch was Ernsteres sein, und da möchte ich gedeckt sein ... Angenommen, ich haue gewaltig daneben, und Sie suchen, wo nichts ist. Was wird dann aus mir? Soll ich deswegen ins Gefängnis? Ich will nicht, daß der Dienst, den ich Ihnen leiste, wie eine Erpressung aussieht.»

«Ich gehe bestimmt nicht zur Polizei.»

«Nein, kaum. Es würde nur Aufsehen erregen. Aber ich will in jedem Fall gedeckt sein.»

«Ich verspreche Ihnen, daß ich Ihren Namen bestimmt nicht erwähnen werde. Das meinen Sie doch?»

«Quatsch», knurrte der Junge. «Ich kapiere die ganze Geschichte nicht und das ist mir auch alles schnuppe. Von Ihren Versprechungen halte ich auch nichts. Nur eine Bestätigung des Telegramms kann mich dekken, sonst nichts. Sie unterschreiben in dem Buch, dann ist alles in Ordnung.»

Er erklärte ihr, es gebe eine Liste, in der die Aushändigung von Telegrammen quittiert werden müsse. Im allgemeinen unterließe es der Bote, um die Unterschrift zu bitten. Er notiere nur das Datum und mache ein Kreuz in die betreffende Spalte.

«Sie unterschreiben über dem Kreuz für Ihr Telegramm, als ob Sie es selbst im *Café de la Désirade* angenommen hätten; dann kann ich mich immer verteidigen, wenn Sie mich drankriegen wollen.»

Micky antwortete, das sei alles Unsinn, und sie habe die ganze Geschichte schon vergessen. Er solle froh sein, mit seinem Geschwätz fünfundzwanzigtausend Francs verdient zu haben. Jetzt sei sie müde und wolle heim. Er könne die Rechnung bezahlen.

Sie stand auf und verließ die Terrasse. Er traf sie in der kleinen Straße vor dem MG wieder. Er sagte: «Nehmen Sie», gab ihr das Geld zurück, beugte sich nieder und küßte sie zart auf den Mund. Dann öffnete er den Wagen, nahm ein großes schwarzes Heft vom Sitz – sie hatte keine Ahnung, wie es dahin gekommen war – sagte schnell: «CLARISSE VERBINDUNG STOP GRÜSSE», und war verschwunden.

Am Ausgang von Les Lecques saß er auf einer Böschung und wartete auf einen Wagen, der ihn mitnehmen würde. Micky fand ihn reichlich verschlagen. Sie fuhr ihr Kabriolett an den Straßenrand und wartete auf ihn. Wieder fielen ihr seine hochgezogenen Schultern und seine geschmeidigen Bewegungen auf. Sein Blick war etwas verlegen, aber er konnte seine Genugtuung doch nicht ganz verbergen.

«Sie haben sicher etwas zum Schreiben bei sich?» fragte sie.

Er reichte ihr einen Bleistift und öffnete das schwarze Buch.

«Wo soll ich unterschreiben?»

«Hier.»

Aufmerksam betrachtete er im Lichtschein des Armaturenbretts ihre

Unterschrift, dabei kam er ihr so nahe, daß sie den Duft seines Haares wahrnahm und ihn fragte, welches Haarwasser er benutze.

«Ein Eau de Cologne für Männer. Die Marke gibt's nur in Algerien. Ich war dort beim Militär.»

«Das Zeug stinkt. Rücken Sie ein bißchen weiter weg und wiederholen Sie mir noch einmal den Text des Telegramms.»

Er wiederholte: «CLARISSE VERBINDUNG STOP GRÜSSE.» Dann wiederholte er mehrmals alles, was ihm von dem ersten Telefongespräch in Erinnerung geblieben war. Am selben Tag hatte er noch ein weiteres Gespräch abgehört, kurz bevor er an den Strand gehen wollte, um sie zu sprechen. Seit acht Tagen beobachtete er von 5 Uhr nachmittags bis zum Abendessen die Zugänge zur Villa.

Schließlich verstummte er. Micky grübelte eine Weile mit zusammengezogenen Augenbrauen; dann fuhr sie weiter. Sie setzte ihn am Hafen von La Ciotat ab. Die Cafés waren noch hell erleuchtet, und ein großer Dampfer schlief inmitten vieler kleiner Boote. Ehe er ausstieg, fragte er:

«Beunruhigt es Sie sehr, was ich Ihnen erzählt habe?»

«Ich weiß es noch nicht.»

«Wollen Sie, daß ich herauskriege, worum es sich handelt?»

«Gehen Sie, und vergessen Sie das alles.»

Er sagte okay und stieg aus, aber bevor er die Tür schloß, beugte er sich noch einmal zu ihr hinein und ergriff ihre Hand.

«Ich will gern alles vergessen ... fast alles», sagte er.

Sie gab ihm die fünfundzwanzigtausend Francs.

Als Micky um 2 Uhr morgens nach Hause kam, schlief Domenica. Micky ging vom Flur aus in das erste Badezimmer. Der Name Clarisse kam ihr bekannt vor, sie wußte nicht weshalb, aber es hing irgendwie mit dem Badezimmer zusammen. Sie machte Licht und sah sich um. Dann fiel ihr Blick auf das Markenschild des Badeofens, wanderte weiter, folgte der an den Wänden entlanglaufenden Gasleitung ...

«Etwas nicht in Ordnung?» rief Do aus dem Nebenzimmer.

«Ich brauche dein Mundwasser.»

Micky knipste das Licht aus und ging durch den Flur in ihr Zimmer.

Am nächsten Tag teilte Micky kurz vor Mittag Madame Yvette mit, daß sie mit Do zum Essen nach Cassis fahre. Sie entschuldigte sich, daß sie vergessen habe, es ihr früher zu sagen und gab ihr für den Nachmittag eine Besorgung auf.

Vor der Post von La Ciotat hielt sie den MG an. Sie sagte zu Do:

«Komm, ich will seit Tagen ein Telegramm aufgeben und habe es immer wieder vergessen.»

Sie gingen hinein. Aus den Augenwinkeln beobachtete Micky das Gesicht ihrer Freundin. Sie schien nicht besonders aufgeregt zu sein. Zu ihrem Pech aber fragte die Schalterbeamtin freundlich:

«Wieder ein Gespräch mit Florenz?»

Micky tat, als habe sie nichts gehört, nahm sich vom Schalter ein Telegrammformular und setzte einen Text für Jeanne Murneau auf. Vor dem Einschlafen hatte sie lange darüber nachgedacht und jedes Wort überlegt:

VERZEIH, UNGLÜCKLICH, GELD, ICH KÜSSE DICH TAUSENDMAL ÜBERALL, AUF DIE STIRN, DIE AUGEN, DIE NASE, DEN MUND, DEINE BEIDEN HÄNDE, DIE FÜSSE, SEI GUT, ICH WEINE, DEINE MI. Wenn diese seltsamen Worte Jeanne auffielen und sie zum Nachdenken bringen würden, könnte sie ihren Plan aufgeben ... Micky wollte ihr eine Chance geben.

Sie zeigte Do den Text; die fand ihn weder besonders komisch noch seltsam.

«Ich finde das Telegramm sehr komisch», sagte Micky. «Das soll es auch sein. Willst du es am Schalter aufgeben? Ich warte im Wagen auf dich.»

Der Junge, den Micky gestern abend getroffen hatte, blätterte in seinen Papieren hinter einem Schalter. Er trug wieder ein weißes Hemd. Schon bei ihrem Eintritt in die Post hatte er sie bemerkt und war aufgestanden. Jetzt folgte er Micky nach draußen.

«Was wollen Sie machen?»

«Nichts», erwiderte Micky. «Wenn Sie Ihr restliches Geld haben wollen, müssen *Sie* etwas tun. Seien Sie um fünf Uhr in der Villa. Die Haushälterin wird nicht da sein. Gehen Sie in die erste Etage hinauf, erste Tür rechts. Es ist ein Badezimmer. Finden Sie heraus, was los ist. Sie müssen eine Rohrzange mitnehmen.»

«Was haben die mit Ihnen vor?» fragte er.

«Das weiß ich noch nicht genau. Aber wenn ich es richtig verstanden habe, werden Sie es auch verstehen. Treffen Sie mich heute abend wieder am Tabakladen in Les Lecques. Dann berichten Sie. Gegen zehn Uhr, wenn Ihnen das paßt.»

«Wieviel ...?»

«Ich könnte Ihnen noch einmal fünfundzwanzigtausend Francs geben, danach müßten Sie dann einige Tage warten.»

«Wissen Sie, einstweilen kommt mir das Ganze immer noch wie so 'ne alberne Mädchengeschichte vor ... Wenn es aber ernst wird, steig ich aus!»

«Von dem Augenblick an, wo ich weiß, was die beiden vorhaben, ist die Sache nicht mehr gefährlich. Im übrigen haben Sie recht: Es ist nur so 'ne alberne Mädchengeschichte.»

Er erwartete sie in der kleinen Straße, in der sie am Vorabend geparkt hatte.

«Steigen Sie nicht aus», sagte er. «Man könnte uns erkennen. Ich möchte nicht zweimal am gleichen Ort mit Ihnen gesehen werden.»

Sie fuhren am Strand von Les Lecques entlang, dann schlug Micky die Richtung nach Bandol ein.

«Ich mach da nicht mehr mit», sagte er unterwegs. «Nicht für zehnmal soviel.»

«Ich brauche aber Ihre Hilfe.»

«Machen Sie lieber, daß Sie zur Polizei kommen! Die werden sofort alles herausfinden. Sie brauchten nur das Verbindungsrohr loszuschrauben und das Telegramm zu lesen ... Es geht um Ihr Leben!»

«So einfach ist das nicht», sagte Micky. «Ich kann nicht zur Polizei gehen. Ich brauche Sie, um diese Sache zu verhindern, aber ich brauche auch Domenica, und zwar noch viele Jahre ... Geben Sie sich keine Mühe. Das verstehen Sie doch nicht.»

«Und die in Florenz? Wer ist das?»

«Sie heißt Jeanne.»

«Ist sie auch hinter Ihrem Geld her?»

«Das kann ich mir nicht vorstellen. Oder es ist wenigstens nicht der Hauptgrund ... Aber das geht niemand was an. Weder die Polizei noch Sie noch Domenica.»

Bis Bandol sagte sie nichts mehr. Sie fuhren auf das Casino am Ende des Strandes zu, aber sie stiegen nicht aus, als Micky den Motor abgestellt hatte.

«Haben Sie eine Ahnung, wie die beiden es anstellen wollen?» fragte Micky und sah ihn dabei an. Sie trug eine türkisfarbene Hose, keine Strümpfe und die Wollweste von gestern. Sie hatte den Zündschlüssel abgezogen und legte ihn beim Sprechen an die Wange.

«Ich bin zehn Minuten in dem Badezimmer gewesen», sagte der Junge. «‹Clarisse› ist die Marke des Badeofens. Ich habe die Mutter am Verbindungsstück über dem Fenster abgenommen. Die Dichtung ist ganz feucht und zersetzt. Im Flur sind noch mehr Verbindungsstücke, aber die habe ich nicht mehr untersucht. Eines genügt schon. Solange sie darauf achten, daß die Tür geschlossen ist, dann langt die Sparflamme vom Badeofen ... Wer hat die Leitungen gelegt? Sie sind neu.»

«Ein Installateur aus La Ciotat.»

«Hat jemand im Haus gewohnt, als die Arbeiten gemacht wurden?»

«Jeanne mußte im Februar oder März hinfahren. Sie hat alles beaufsichtigt.»

«Dann könnte sie sich so eine Schraubenmutter beschafft haben ... Das sind Spezialmuttern, wissen Sie – selbst wenn die Dichtung futsch ist, lassen sie nicht soviel Gas durch, daß was passieren kann. Na ja, und wenn sie das Ding kaputt machen, das fällt doch auf. Nein, sie müssen sich eine andere besorgt haben ...»

«Wollen Sie mir wirklich helfen?»

«Hm ... Wieviel?»

«Was Sie verlangt haben: Das Zehnfache.»

«Ich möchte erst wissen, was Sie vorhaben», sagte er, nachdem er eine Weile überlegt hatte. «Wie die Sie am Telefon nachgemacht hat, das war verblüffend, aber damit hat sich's. Andererseits – ich habe dieses Mädchen stundenlang beobachtet, und ich sage Ihnen: Die geht bis zum Äußersten!»

«Das glaube ich nicht», meinte Micky.

«Was wollen Sie tun?»

«Nichts, das habe ich Ihnen doch schon gesagt. Sie sollen sie weiter beobachten. Jeanne wird bald kommen ... Ich muß erfahren, wann sie das Haus in Brand stecken wollen.»

«Vielleicht wissen sie es selber noch nicht.»

«Möglich. Aber sobald sie es beschließen, muß ich es erfahren. Ich verspreche Ihnen, wenn ich es vorher weiß, wird nichts geschehen.»

«Gut. Ich werde es versuchen. Ist das alles?»

«Im allgemeinen steht die Villa abends längere Zeit leer. Wenn Sie uns fortfahren sehen, könnten Sie nachschauen, in welchem Zustand die Dichtung ist. Vielleicht hilft uns das weiter. Ich kann nicht verhindern, daß sie ihr Vorhaben durchführt. Sie braucht nur die Tür zu schließen, wenn sie ein Bad nimmt.»

«Warum sagen Sie's ihnen nicht auf den Kopf zu?» fragte er. «Wissen Sie eigentlich, womit Sie da spielen?»

«Mit dem Feuer.» Micky lachte kurz auf und startete den Motor. Es war kein fröhliches Lachen.

Auf der Rückfahrt sprach sie nur von ihm, von seinen eleganten Bewegungen, die ihr sehr gefielen. Er dachte, daß sie hübsch sei, verlockender als alle Mädchen, die er bisher gekannt hatte, daß er aber vernünftig sein müsse. Auch wenn sie bereit wäre, sich von ihm lieben zu lassen, waren zehnmal fünfzigtausend Francs doch mehr wert als ein kurzer Augenblick der Liebe.

Es war, als könne sie seine Gedanken lesen. Sie nahm eine Hand vom Steuer und reichte ihm das versprochene Geld.

Gut so. Schließlich wohnte er bei seinen Eltern, und es war jedesmal ein großes Theater, bis er einen ungestörten Ort gefunden hatte.

Er hielt sich an ihre Verabredung. Viermal in einer Woche sah er die beiden Mädchen in dem MG fortfahren. Gott weiß, wo sie den Abend verbrachten. Er schlich durch die Garage, die immer offen war, ins Haus und prüfte die Dichtung.

Er traf die zukünftige Erbin mit den langen schwarzen Haaren zweimal: Einmal nachmittags, als sie allein am Strand war, und einmal abends in einem Café am Hafen von La Ciotat. Sie machte einen heiteren, entspannten Eindruck und schien ihrer Sache sicher zu sein. Sie behauptete, daß gar nichts geschehen werde.

Nach der Ankunft des großen blonden Mädchens in Cap Cadet änderte sich ihre Haltung ganz plötzlich.

Er beobachtete jetzt alle drei. Es verging eine weitere lange Woche, bevor Micky ihm ein Zeichen gab. Meistens blieb er auf der Straße hinter dem Haus, aber manchmal kam er so nahe heran, daß er ihre Stimmen in den Zimmern hören konnte. Eines nachmittags kam Micky allein vom Strand zurück. Sie verabredete sich für den Abend mit ihm.

Sie trafen sich am Hafen von La Ciotat. Micky stieg nicht aus, sie gab ihm fünf Scheine zu zehntausend Francs und erklärte, daß sie seine Hilfe nicht mehr brauche. Nach ihrer Darstellung hatte das große Mädchen ihn verschiedentlich in der Nähe des Hauses beobachtet. Vor allem aber sei das Ganze nur ein Ulk gewesen, das wisse sie jetzt. Dann gab sie ihm den freundschaftlichen Rat, mit dem bisher erhaltenen Geld zufrieden zu sein und die Angelegenheit zu vergessen. Falls er irgendwelche Schwierigkeiten mache, sei sie entschlossen, ihm den Spaß daran zu verderben; sie habe die Mittel dazu.

Der MG fuhr zehn Meter weit, hielt, fuhr zurück, bis er wieder bei dem Jungen hielt. Micky beugte sich aus dem Fenster und sagte: «Übrigens, ich weiß nicht einmal, wie Sie heißen.»

Er antwortete, das brauche sie auch nicht zu wissen.

7. Kapitel

Sein Name sei Sergo Reppo, sagte er. Zuerst hatte ich schreien wollen, aber er hatte mir den Mund zugehalten und mich in die Garage gestoßen. Als er merkte, daß ich meine Absicht aufgab und bereit war, ihm zuzuhören, begnügte er sich damit, mich mit seinem ganzen Gewicht nach rückwärts auf die Kühlerhaube meines Wagens zu drücken und mir den rechten Arm hinter dem Rücken festzuhalten. Mindestens eine halbe Stunde redete er mit leiser, aufgeregter Stimme auf mich ein; jedesmal, wenn ich versuchte, mich zu befreien, packte er fester zu. Ich fühlte, wie mir allmählich die Beine abstarben.

Die Rolltür der Garage war halb offen geblieben; das Mondlicht fiel herein, und wenn der Junge den Kopf bewegte, bewegten sich auch die Schattenlinien.

«Danach», sagte er, «habe ich mich nicht mehr darum gekümmert. Am 5. Juli erfuhr ich, daß tatsächlich jemand bei dem Brand ums Leben gekommen war. Das veränderte alles. Früher hatte ich geglaubt, Domenica sei die Schlimmere gewesen, aber dann kamen mir einige Zweifel. Ich habe die Zeitungen genau durchgesehen; ich habe mit den Leuten hier gesprochen, aber nichts Besonderes erfahren können. Das mit Ihrem Gedächtnisschwund hat mir auch zu schaffen gemacht.»

Seit einigen Minuten hielt er immer häufiger den Atem an, prüfte, ob ich noch fest in seiner Gewalt war und drückte mich dabei noch mehr gegen meinen Wagen. Er mußte etwas älter sein als Madame Yvette gesagt hatte, oder vielleicht kam es mir auch nur so vor, weil die kleinen Fältchen um seine Augen im Licht des Mondes besonders deutlich zu sehen waren.

Ich war auch außer Atem. Selbst wenn ich hätte schreien wollen, ich hätte es nicht gekonnt.

«Drei Monate», sagte er. «Das ist eine lange Zeit. Und jetzt sind Sie zurückgekommen. Als ich Sie mit der großen Blonden sah, begriff ich, daß es die andere erwischt hatte, daß Sie Micky sind. Natürlich habe ich einige Zweifel gehabt, denn Sie haben sich seit Juli nicht schlecht verändert ... Wie soll man sich da auskennen! Aber ich habe Sie in diesen letzten Tagen genau beobachtet. Das ganze Gepauke: Geh so, knöpf deine Jacke so zu – das ist alles blauer Dunst ... Im Grunde hatte ich nicht mehr viel erwartet. Aber ich habe keine Bedenken mehr. Jetzt habe ich Sie in der Hand. Jetzt will ich meinen Anteil. Kapiert?»

Verzweifelt schüttelte ich den Kopf. Er verstand es natürlich falsch.

«Stellen Sie sich nicht so an!» sagte er und riß mich brutal an sich. Ich hatte das Gefühl, mein Rücken müsse zerbrechen. «Ich will gern glauben, daß Sie eins über den Schädel bekommen haben ... Ein Stück von einem Benzinkanister vermutlich. Aber Sie wissen ganz genau, daß Sie sie umgebracht haben.»

Diesmal nickte ich zustimmend mit dem Kopf.

«Lassen Sie mich los ... Bitte!» Ich brachte nur ein schwaches Flüstern heraus.

«Haben Sie wenigstens verstanden, was ich meine?»

Wieder nickte ich. Er besann sich, ließ mein Handgelenk los und trat ein wenig zurück, aber seine andere Hand blieb auf meiner Hüfte liegen, als fürchte er noch immer, ich könne ihm entkommen. Diese Hand hielt mich auch fest, als ich auf das Verdeck meines Wagens sank. Ich fühlte ihre Feuchtigkeit durch mein Nachthemd hindurch.

«Wann kommt sie, Ihre Freundin?»

«Ich weiß es nicht. In ein paar Tagen ... Bitte, lassen Sie mich los! Ich werde nicht schreien und auch nicht fortlaufen.»

Ich stieß seine Hand fort. Er lehnte sich an die Garagenwand. Keiner von uns sprach. Ich stützte mich auf den Wagen und wollte mich aufrichten. Die Garage begann sich zu drehen, einmal, zweimal, aber ich konnte mich halten. Jetzt erst fühlte ich, daß meine Füße eiskalt waren. Als er mich in die Garage stieß, hatte ich meine Hausschuhe verloren. Ich bat ihn, sie zu suchen.

Er gab sie mir, und noch ehe ich sie anziehen konnte, trat er von neuem auf mich zu.

«Ich wollte Sie nicht erschrecken. Es liegt mir sogar sehr viel daran, daß wir uns gut verstehen. Sie selbst haben mich gezwungen, so mit Ihnen umzugehen. Es ist alles ganz einfach. Ich kann Ihnen Ungelegenheiten machen oder Sie in Ruhe lassen. Ich habe nicht viel Lust, Sie zu schikanieren. Sie haben mir einen Haufen Geld versprochen. Jetzt werden Sie mir das Doppelte geben, die eine Hälfte für Sie, die andere für die große Blonde. Ist doch ein fairer Vorschlag, oder?»

Ich stimmte zu. Jetzt sehnte ich mich nur danach, allein zu sein, weit fort von ihm, und meine Gedanken zu ordnen. Ich hätte ihm alles versprochen. Das schien er zu fühlen, denn er erklärte:

«Vergessen Sie es nicht: Ich habe immer noch Ihre Unterschrift in der Liste. Jetzt gehe ich, aber ich werde Sie nicht aus den Augen lassen ... Machen Sie keine Dummheiten! Einmal haben Sie mich reingelegt, das genügt. Ich habe daraus gelernt ...»

Er stand im vollen Mondlicht auf der Schwelle. «Ich verlasse mich auf Sie.»

Ich antwortete ja, ja, gehen Sie doch endlich ... Er sagte noch, daß er mich wieder besuchen werde; dann war er verschwunden. Ich konnte nicht hören, wie er sich vom Haus entfernte. Als ich einen Augenblick später aus der Garage trat, war nichts mehr von ihm zu sehen. Mir war, als sei ich aus einem Albtraum erwacht.

Erst bei Tagesanbruch schlief ich ein. Schmerzen in Nacken und Rücken quälten mich, und ich zitterte unter meinen Decken.

Ich versuchte, mich Wort für Wort an das zu erinnern, was er gesagt hatte. Schon in der Garage, als er mich so bedrängte, hatten seine geflüsterten Worte Bilder in mir heraufbeschworen – Bilder, von denen ich nicht hätte sagen können, ob sie durch seinen Bericht hervorgerufen waren oder ob sie aus mir selber kamen. Ich konnte es nicht mehr unterscheiden.

Wem sollte ich glauben? Ich hatte nichts von alldem wirklich erlebt. Ich lebte die Träume der anderen. Wenn Jeanne mir auf ihre Weise von Micky erzählte, dann war das ein Traum. Ich hörte ihr auf meine Weise zu, und wenn ich mir dann die gleichen Ereignisse und die gleichen Personen wieder vorstellte, dann war das wieder ein Traum, aber er war ein wenig anders.

Jeanne, François Roussin, Serge Reppo, Dr. Doulin, Madame Yvette: Sie alle waren nur Spiegel, und jeder reflektierte ein anderes Bild. Nichts war wirklich, außer meinen Gedanken.

In dieser Nacht versuchte ich nicht einmal, eine Erklärung für das seltsame Verhalten jener Micky zu finden, die Serge Reppo geschildert hatte. Noch weniger versuchte ich, mir noch einmal die Nacht vorzustellen, in der das Haus gebrannt hatte.

Bis zum Morgengrauen drehten sich meine Gedanken im Kreis, zerrten an belanglosen Einzelheiten wie ein Esel, der um den Brunnen herumlaufen muß, an der Göpelstange. So stellte ich mir die Bewegung vor, mit der sich Serge in den MG beugte, um das schwarze Buch mit der Liste herauszunehmen (warum schwarz? Das hatte er mir nicht gesagt). Hatte er Micky geküßt? *Ich habe dir im Vorbeigehen ein Küßchen gegeben . . .* Auf die Wange? Auf die Lippen? Während er sich zu ihr neigte? Als er sich wieder aufrichtete? Hatte er überhaupt die Wahrheit gesagt?

Oder auch dieses widerliche Haarwasser, das er benutzte . . . Ich spürte den Geruch noch an mir. Micky war es auch aufgefallen. *Ihre Unterschrift,* hatte er zu mir gesagt, *ist sehr korrekt, ich habe es sofort im Lichtschein des Armaturenbretts festgestellt. Und dann haben Sie mich gefragt, was ich auf mein Haar tu. Es ist eine Spezialität aus Algerien, ich war dort beim Militär . . . Sehen Sie, das habe ich mir nicht ausgedacht!*

Vielleicht hatte er Micky auch die Marke des Haarwassers genannt.

Mir hatte er es nicht genannt in der Garage – das Zeug hatte vielleicht gar keinen Namen. Dieser Geruch quälte mich noch mehr als der Gedanke an die Schwierigkeiten, die er Jeanne und mir bereiten konnte. Ich spürte ihn noch immer an meinen Handschuhen und an den Armen, oder vielleicht bildete ich mir das auch nur ein. Diese Qual steigerte sich zur Angst, und ich knipste die Lampe wieder an. Vielleicht schlich der Erpresser ums Haus, um sein Eigentum zu bewachen. Ich war eine Erinnerung, ein Wesen, das ihm gehörte.

Ich ging ins Badezimmer, wusch mich und legte mich wieder ins Bett, aber ich konnte die Gedanken an ihn nicht loswerden. Ich wußte nicht, wo ich Schlaftabletten finden konnte; so schlief ich erst ein, als die Sonne schon durch die Fensterläden schien.

Gegen Mittag weckte mich Madame Yvette. Sie war sehr besorgt. Der ekelhafte Geruch schien noch immer an mir zu haften. Meine Gedanken kamen nicht los von diesem Reppo. Sicher ahnte er, daß ich versuchen würde, Jeanne zu warnen. Aber auf die eine oder andere Weise würde er es doch erfahren; er würde dann vielleicht den Kopf verlieren und uns anzeigen ... Das durfte nicht sein.

Nach dem Frühstück ging ich vors Haus. Er war nicht zu sehen. Ich glaube, ich hätte ihn sonst um die Erlaubnis gebeten, mit Florenz telefonieren zu dürfen.

Es folgten zwei aufregende Tage. Ich wälzte die verrücktesten Pläne, wie ich mich ohne Jeannes Hilfe von ihm befreien könnte. Ziellos irrte ich zwischen dem Strand und dem Haus hin und her. Er kam nicht wieder.

Am dritten Tag fiel mir angesichts des Kuchens, den Madame Yvette für mich gebacken hatte, mein Geburtstag wieder ein. Heute war die Testamentseröffnung. Jeanne würde mich anrufen.

Das Gespräch kam am Nachmittag. Serge mußte jetzt auf der Post sein. Sicherlich hörte er zu. Er würde erfahren, daß ich Do war ... Wie konnte ich Jeanne unauffällig bitten, sofort zu kommen? Ich sagte nur, es gehe mir gut und ich sehne mich sehr nach ihr. Sie antwortete, daß auch sie große Sehnsucht habe.

Ich bemerkte lange nicht, daß ihre Stimme einen besonderen Klang hatte, weil meine Gedanken sich so intensiv mit der Person beschäftigten, die in unsere Leitung eingeschaltet sein mußte, aber schließlich fiel es mir doch auf.

«Es ist nichts», sagte sie. «Ich bin müde. Ich hatte einigen Ärger hier. Ich muß noch einen oder zwei Tage bleiben.»

Ich solle mich nicht aufregen. Sie würde mir bei der Rückkehr alles erklären. Als ich den Hörer auflegen wollte, hatte ich das Gefühl, für immer von ihr getrennt zu werden.

Der nächste Morgen brachte neue Ängste.

Unter meinem Fenster standen vor der Garage zwei Männer und machten sich Notizen. Als sie mich bemerkten, hoben sie den Kopf und grüßten. Sie sahen aus wie Polizisten.

Als ich hinunter kam, waren sie fort. Von Madame Yvette erfuhr ich, daß sie von der Feuerwehr in La Ciotat waren. Sie hätten irgend etwas feststellen wollen, was, wisse sie auch nicht genau – es müsse irgendwie mit dem Holzwerk des Hauses und dem Wind zusammenhängen.

Ich dachte: Sie stellen eine neue Untersuchung an ...

Ich ging wieder in mein Zimmer hinauf, um mich anzuziehen. Ich wußte nicht, was mit mir los war. Ich zitterte vor Aufregung. In der letzten Zeit hatte ich endlich gelernt, meine Strümpfe allein anzuziehen. Heute konnte ich es nicht; meine Hände zitterten zu sehr, und mein Verstand war wie gelähmt.

Lange Zeit stand ich mitten im Zimmer, barfuß, die Strümpfe in der Hand. Dann tauchte plötzlich ein Gedanke auf – es war wie eine Stimme, die in mir sprach: *Wenn Micky es gewußt hätte, würde sie sich bestimmt gewehrt haben. Sie war viel stärker als du. Du warst allein ... Sie wäre nicht tot, wenn sie es gewußt hätte. Der Junge lügt ...* Und eine andere Stimme sagte: *Reppo hat euch längst angezeigt. Die Männer sind nicht drei Monate nach dem Brand hierher gekommen, um sich den Spaß zu machen, dich zu beunruhigen. Flieh! Flieh, so schnell du kannst, versuche, Jeanne zu treffen ...*

Halbangezogen ging ich auf den Flur hinaus. Wie eine Schlafwandlerin trat ich in das ausgebrannte Zimmer von Domenica Loï.

Auf der Fensterbrüstung saß ein Fremder in einem beigefarbenen Regenmantel. Wenn ich ihn kommen gehört hätte, hätte ich sicher geglaubt, es sei Serge. Aber diesen jungen Mann hatte ich nie gesehen; er hatte traurige Augen und war sehr mager. Er schien nicht überrascht, mich zu sehen. Auch bemerkte er nicht, daß ich nur halbangezogen und sehr erschrocken war. Ich lehnte mich an die Tür und preßte den Strumpf, den ich noch immer in der Hand hatte, an den Mund. So standen wir uns eine Weile schweigend gegenüber.

Hier war alles leer, verlassen, ausgebrannt. Das Zimmer war ohne Möbel, das Parkett verdorben. Mein Herz schien stillzustehen. An seinen Augen konnte ich sehen, daß er mich verachtete, daß er mein Feind war. Auch er wußte, wie er mich ins Verderben stürzen konnte.

Ein halbverbrannter Fensterladen schlug hinter ihm im Wind. Langsam stand er auf, trat in die Mitte des Zimmers und sagte, wir hätten schon einmal miteinander telefoniert. Es war Gabriel, der Freund von Domenica. Er sagte, ich hätte Domenica ermordet. Das habe er schon am ersten Tage geahnt; jetzt wisse er es, und morgen könne er es auch beweisen ... Seine Stimme war sehr leise. Er mußte wahnsinnig sein.

«Was tun Sie hier?»

«Ich suche», erwiderte er. «Ich suche Sie.»

«Sie haben kein Recht, hier einzudringen.»

«Sie selbst haben mir das Recht dazu gegeben.»

Er hatte gewartet. *Ich habe es nicht eilig. Warten ist immer gut.* Seit gestern abend wisse er nun endlich, warum ich Domenica getötet hätte. Er habe sogar einen beruflichen Grund, zu mir zu kommen. Die Zeit, die er hier im Süden verbringe, um den Mord aufzuklären, gehe auf Spesen.

Es gebe da nämlich eine Lebensversicherung für die Angestellten der Bank, bei der Do gearbeitet hatte. Durch diese Versicherung hätte er Do überhaupt kennengelernt. Es gehe schon seltsam zu im Leben. Drei Monate habe er gewartet und während der ganzen Zeit gewußt, daß eine Klausel des Vertrages ihm diese Untersuchung ermöglichen würde. Nach Dos Tod habe er sogar die letzten monatlichen Prämien aus seiner Tasche bezahlt. Wenn die Gesellschaft je dahinterkäme, würde er seine Stelle verlieren und in seiner Branche auch keine andere mehr finden. Aber er hätte dann wenigstens noch seine Geliebte gerächt.

Ich beruhigte mich ein wenig. Er wollte mich beeindrucken, mir seine Hartnäckigkeit beweisen. Er wußte von nichts.

Er erklärte mir, daß die Dinge in Italien anders lägen. Man würde ihn dort mit offenen Armen empfangen. Do habe in Frankreich nur eine kleine Zusatzversicherung von zweitausend Francs im Monat für zehn Jahre abgeschlossen, aber die verschiedenen Versicherungen von Sandra Raffermi beliefen sich auf -zig Millionen. Wenn schon bei einer kleinen Versicherung ein Einspruch erfolgte, würden die italienischen Versicherer sofort lebhaft interessiert sein.

Ein Einspruch? Wieso ein Einspruch? Und was hatten die Versicherungen der Raffermi mit all dem zu tun? Ich verstand überhaupt nichts mehr. Die Angst packte mich wieder. Er schien ein wenig überrascht über meine Ahnungslosigkeit, dann sagte er sich wohl, daß man mich vielleicht wirklich nicht auf dem laufenden gehalten habe. Dies war der einzige Augenblick, in dem sein Gesicht sich erhellte – aber nur zu einem ironischen Lächeln.

«Wenn Sie versuchen sollten, mich heute oder morgen in meiner Arbeit zu stören, werde ich Ihnen die Schnüffler ins Haus schicken, und die werden dann noch unangenehmer sein als ich», sagte er. «Ich brauche mich nur in meinem Bericht über die mangelnde Unterstützung von seiten eines Mädchens zu beklagen, das selber Dreck am Stecken hat. So ... jetzt sehe ich mir das Haus noch einmal an ... Ihnen rate ich, sich anzuziehen. Nachher sprechen wir uns noch.»

Er drehte sich auf dem Absatz um und ging langsam in das ausgebrannte Badezimmer. Auf der Schwelle wandte er sich noch einmal um und sagte mit seiner leisen Stimme, meine Freundin in Florenz habe ernste Schwierigkeiten: Die Erbin sei nämlich Do.

Den ganzen Nachmittag versuchte ich, Jeanne zu erreichen. Ich hatte ihre Papiere nach Florentiner Telefonnummern durchsucht. Gegen Abend bekam ich endlich eine Verbindung. Ich konnte nicht erfahren, wo Jeanne zu erreichen war, aber ich bekam die Bestätigung, daß die Raffermi zehn Tage vor ihrem letzten Anfall ihr Testament geändert habe. Ich konnte nur ein paar Brocken Italienisch, die ich in den letzten Wochen aufgeschnappt hatte. Madame Yvette mußte mir helfen, aber sie war natürlich keine geübte Dolmetscherin. Deshalb tröstete ich mich damit, daß ich wahrscheinlich alles falsch verstanden hatte und die schlechte Nachricht nur auf einem Mißverständnis beruhe.

Domenicas Freund lief ruhelos durchs Haus. Er hatte nichts gegessen, nicht einmal seinen Regenmantel hatte er abgelegt. Manchmal kam er ins Zimmer und setzte ohne Rücksicht auf die Anwesenheit Madame Yvettes sein Verhör fort. Ich konnte seine Fragen nicht beantworten.

Er suchte weiter. Ich wagte ihn nicht fortzuschicken, um nicht noch verdächtiger zu erscheinen. Ich fühlte mich durch sein ständiges Umherstreichen wie eine Gefangene.

Ich ging vors Haus. Plötzlich schoß mir ein Gedanke durch den Kopf – ein verrückter Gedanke: *Micky hatte auch ein Motiv – genau das gleiche wie ich! Sie wollte meine Stelle einnehmen, um ihre Erbschaft zurückzugewinnen!*

Ich ging in mein Zimmer hinauf und zog einen Mantel an. Jeanne hatte mir etwas Geld dagelassen, das steckte ich zu mir. Ich mußte auch noch die Handschuhe wechseln, und als ich ein Schubfach öffnete, um ein sauberes Paar herauszunehmen, sah ich den kleinen Revolver mit dem Perlmuttgriff, den wir in einem von Mickys Koffern gefunden hatten. Ich zögerte lange; schließlich nahm ich ihn.

Der Mann im Regenmantel stand vor der Garage und sah schweigend zu, wie ich meinen Wagen anließ. Als ich anfuhr, beugte er sich über die Tür und fragte mich, ob ich jetzt vielleicht einsähe, daß das Leben seltsam sei: Dies sei ein hübscher Wagen, aber ich würde ihn bald verlieren.

«Sie wußten, daß Do erben sollte», sagte er. «Sie wußten es, Ihre Tante hatte es Ihnen gesagt. Als Ihre Gouvernante Sie in Paris abholen wollte, haben Sie von dort aus mit Ihrer Tante telefoniert. Das steht schwarz auf weiß im Testament. Sie haben erst mit Do Geburtstag gefeiert; dann zu Hause haben Sie sie mit Schlaftabletten betäubt, in ihr Zimmer geschlossen und das Badezimmer in Brand gesteckt.»

«Sie sind vollkommen verrückt.»

«Sie haben alles gut bedacht, nur zwei Dinge nicht: Erstens, daß Sie das Gedächtnis verlieren und dadurch vergessen könnten, sich für Domenica auszugeben; zweitens, daß das Feuer ihr Zimmer nicht erreichen konnte *und auch gar nicht erreicht hat*!»

«Ich will nichts mehr hören! Gehen Sie!»

«Wissen Sie, was ich in diesen drei Monaten getan habe? Ich habe die Akten sämtlicher Brände studiert, die uns seit der Gründung meiner Gesellschaft gemeldet wurden. Und auf Grund dieser Erfahrungen habe ich alles noch einmal überprüft: Das Gefälle des Grundstücks, die Windrichtung in der Brandnacht, die Wucht der Explosion, die Lage des Badezimmers, in dem das Feuer ausgebrochen ist ... Und, hören Sie, alles spricht dagegen, daß diese Schweinerei überhaupt passieren konnte. Das Feuer *konnte* nicht in Domenicas Zimmer gelangen. Der Brand konnte eine Seite des Hauses zerstören, aber er konnte nicht zurückkommen. Sie mußten in der Garage, unter Domenicas Zimmer, einen weiteren Brand legen!»

Ich sah ihn an. Er las in meinen Augen, daß er mich überzeugt hatte. Er packte mich an der Schulter. Ich stieß ihn zurück.

«Machen Sie, daß Sie fortkommen, oder ich überfahre Sie!»

«Und dann stecken Sie Ihren Wagen sofort in Brand, so wie Sie den anderen in Brand gesteckt haben? Ich will Ihnen einen guten Rat geben: Lassen Sie nichts überlaufen; verlieren Sie den Kopf nicht und *seien Sie ganz vorsichtig, wenn Sie einen Benzinkanister explodieren lassen*! Sie hinterlassen sonst Spuren, und wenn man gründlich sucht, findet man sie.»

Ich fuhr an. Der hintere Kotflügel streifte ihn, und er verlor das Gleichgewicht. Ich hörte, wie Madame Yvette aufschrie.

Seit meiner Operation fuhr ich zu schlecht, um schnell fahren zu können. Es wurde dunkel, und ich sah, wie die Lichter in der Bucht von La Ciotat aufleuchteten. Wenn Serge Reppo wie im Sommer die Post um 17 Uhr verließ, würde ich ihn nicht treffen. Und er durfte nicht sprechen.

Er war nicht in der Post. Wieder rief ich Florenz an, erreichte Jeanne aber nicht. Als ich mich ans Steuer setzte, war es ganz dunkel und sehr kühl geworden, aber ich hatte nicht die Kraft, das Verdeck zu schließen.

Ich fuhr eine Weile durch La Ciotat, als hoffte ich, Serge Reppo zu begegnen, und ein Teil von mir hoffte es wirklich. Der andere Teil dachte nur an Micky, die ich war oder nicht war, und an Jeanne. Sie konnte nicht sich selbst und mich täuschen. Serge log, Micky hatte nichts gewußt. Ich war Do, und ich hatte umsonst getötet, für ein Erbe, das mir nun entgehen würde, das ich aber ohne den Mord bekommen hätte. Ich hätte nur zu warten brauchen ... Es war lächerlich. Lach doch, dumme Gans!

Ich kam nach Cap Cadet zurück. Aus der Ferne sah ich vor dem Haus mehrere Autos mit erleuchteten Scheinwerfern stehen. Polizei. Ich hielt am Straßenrand. Wieder versuchte ich, zur Vernunft zu kommen, Pläne zu machen und noch einmal an den Brand zu denken.

Das war auch komisch. Seit drei Monaten grübelte ich ununterbrochen. Ich führte eine Untersuchung durch wie dieser tapfere kleine Versicherungsvertreter, aber ich hatte mehr entdeckt als er: In dieser Sache, die ihm so am Herzen lag, traf man immer nur auf mich. Ich war der Detektiv, Mörder, Opfer und Zeuge – alles in einer Person. Was wirklich geschehen war – wahrscheinlich würde es niemand je herausfinden. Höchstens, und das war ungewiß, ein Mädchen mit hohen asiatischen Backenknochen und kurzen Haaren: Heute abend, morgen, irgendwann ...

Ich ging auf das Haus zu. Zwischen den schwarzen Autos der Polizisten, die sich im Erdgeschoß aufhielten, erkannte ich Jeannes weißen Wagen. Das Verdeck war offen, der Koffer noch hinten aufgeschnallt; ein vergessener Schal lag auf dem Vordersitz. Sie war da.

Ich hüllte mich fester in meinen Mantel und entfernte mich langsam. In der Tasche fühlte ich Mickys Revolver. Ich ging an den Strand. Serge war nicht da. Ich kehrte zur Straße zurück. Dort war er auch nicht. Ich setzte mich ins Auto und fuhr wieder nach La Ciotat.

Eine Stunde später traf ich ihn auf der Terrasse eines Cafés in der Gesellschaft eines rothaarigen Mädchens. Als er mich aus dem Auto steigen sah, schien er verärgert über mein Erscheinen. Ich ging auf ihn zu, und er erhob sich. Er machte sogar zwei Schritte unter den Lampen auf mich zu, die letzten beiden Schritte der tückischen Katze. Aus fünf Metern Entfernung schoß ich auf ihn, verfehlte ihn, trat noch näher und schoß noch einmal. Er fiel vornüber und schlug mit dem Kopf auf die Bordsteinkante. Ich schoß weiter. Nach der vierten Kugel drückte ich zweimal vergebens ab. Es ging nicht. Aber das war egal. Ich wußte, daß er tot war.

Ich hörte Schreie und schnelle Schritte. Ich stieg wieder in den Fiat. Eine Menschenmenge hatte sich um mich versammelt, aber sie teilte sich vor dem anfahrenden Wagen. Ich sagte mir: Jetzt können sie Jeanne nichts mehr anhaben. Sie wird mich in die Arme nehmen und in den Schlaf wiegen, und ich werde sie um nichts anderes bitten, als daß sie mich weiterhin behält ... Die Scheinwerferkegel verscheuchten die reglos wartenden Geier in alle Winde.

Im Eßzimmer der Villa wartete Jeanne. Sie lehnte an der Wand, war ganz ruhig und kaum blasser als sonst.

Sie sah mich als erste, als ich die Stufen heraufkam. Ihr Gesicht mit seinem bestürzten und zugleich erleichterten Ausdruck machte mich für alles andere blind. Erst viel später, als ich von ihr getrennt wurde, bemerkte ich die anderen: Madame Yvette, die in ihre Schürze weinte,

Gabriel, zwei Polizisten in Uniform, drei in Zivil und einen der Männer, die ich am Morgen vor der Garage gesehen hatte.

Jeanne sagte, ich sei des Mordes an Domenica Loï angeklagt, und man werde mich vor Gericht bringen. Aber das sei ja völlig idiotisch; ich müsse Vertrauen zu ihr haben – sie werde nicht zulassen, daß mir etwas geschähe.

«Ich weiß, Jeanne.»

«Es wird dir nichts geschehen. Es kann dir nichts geschehen. Sie werden versuchen, dich zu beeinflussen, aber du darfst auf niemanden hören.»

«Ich höre nur auf dich.»

Sie zogen mich fort. Jeanne fragte, ob wir zusammen hinaufgehen und einen Koffer packen dürften. Ein Inspektor mit Marseiller Akzent sagte, er werde uns begleiten. Er wartete auf dem Flur. Jeanne schloß die Tür meines Zimmers hinter uns und lehnte sich dagegen. Sie sah mich an und fing an zu weinen.

«Sag mir, wer ich bin, Jeanne.»

Sie schüttelte den Kopf, die Augen voller Tränen und schluchzte, sie wisse es nicht – ich sei ihr kleines Mädchen, sonst wisse sie nichts mehr. Es sei ihr jetzt auch gleichgültig.

«Du kanntest Micky zu gut, um dich zu täuschen. Du kennst mich ... Du kanntest sie gut, nicht wahr?»

Sie schüttelte heftig den Kopf. «In Wirklichkeit kannte ich sie nicht. In den letzten vier Jahren am allerwenigsten. Micky mied mich wie die Pest ... Nein, ich kannte sie nicht mehr.»

«Was ist vor vier Jahren geschehen?»

Sie weinte fassungslos, drückte mich an sich und brachte mühsam heraus: «Nichts, nichts ... Es ist nichts geschehen ... Eine Dummheit. Ein Kuß ... Nur ein Kuß, aber sie hat ... Sie hat es nicht verstanden. Sie hat es falsch verstanden ... Sie konnte meine Nähe nicht mehr ertragen ...»

Sie stieß mich heftig von sich, wischte sich mit der Hand über die Augen und begann, den Koffer zu packen. Ich setzte mich zu ihr auf das Bett.

«Ich packe drei Pullover ein», sagte sie ruhiger. «Du mußt mir sagen, was du brauchst.»

«Micky hat es gewußt, Jeanne.»

Sie schüttelte den Kopf. «Nein, ich bitte dich! Sie wußte nichts. Du wärst nicht hier, wenn sie es gewußt hätte. Dann wärst du tot.»

«Warum wolltest du sie töten?» fragte ich und ergriff ihren Arm. «War es das Geld?»

Wieder schüttelte sie den Kopf. «Nein, nein. Ich konnte es nicht mehr ertragen. Das Geld war mir egal ... Ich bitte dich, sei still.»

Ich schwieg. Ich lehnte meine Wange gegen ihre Hand. Sie ließ es geschehen und legte meine Kleider mit einer Hand in den Koffer. Sie weinte nicht mehr.

«Ich werde schließlich nur noch dich haben», sagte ich. «Kein Erbe, keinen Traum vor dem Einschlafen ... Nur dich.»

«Was heißt das – ‹Traum vor dem Einschlafen›?»

«Das hast du selber zu mir gesagt: Geschichten, die ich mir erträumte, als ich noch die kleine Bankangestellte war.»

Ich wurde verhört. Man schloß mich in einem Krankenzimmer ein. Wieder bestand mein Leben aus dem Dunkel des Schlafes und dem grellen Lichtstrahl, der zu mir drang, wenn man mir die Tür zu einem Spaziergang im Hof öffnete.

Zweimal sah ich Jeanne hinter einem Gitter im Sprechzimmer. Ich bedrängte sie nicht mehr mit Fragen. Seit sie von dem Mord an dem kleinen Postbeamten erfahren hatte, war sie blaß und niedergeschlagen. Sie hatte vieles erfahren, was in ihrer Abwesenheit geschehen war, und sogar das Lächeln, zu dem sie sich mir gegenüber gezwungen hatte, war erloschen.

Man hatte die Reste des MG auf einem Autofriedhof in La Ciotat untersucht und im Leben des Serge Reppo nachgeforscht. Dabei hatte man Spuren von vorsätzlicher Brandstiftung mit Hilfe eines zur Explosion gebrachten Benzinkanisters gefunden, aber nichts, was auf ein Telegramm hinwies. Mir wurde klar, daß es gar keine Quittungsliste für Telegramme gab und der Erpresser mich geblufft hatte. Er hatte Micky einfach irgendeinen Zettel unterschreiben lassen.

Ich hatte Serge Reppo erschossen, damit er Jeanne nicht beschuldigen konnte; aber auch dieser zweite Mord war unnötig. Jeanne sagte selber aus, nachdem sie unser restliches Geld für die Verteidigung zusammengekratzt hatte.

Ich gestand erst, als ich erfuhr, daß Jeanne die Schuld auf sich genommen hatte. Wir wurden beide angeklagt. Als ich aus dem Zimmer des Untersuchungsrichters geführt wurde, sah ich sie ein paar Sekunden lang. Wir begegneten uns auf der Türschwelle.

«Laß mich reden», sagte sie. «Tu, was sie sagen, und denke nach.»

Sie strich mir über die Haare und fand, sie seien gut nachgewachsen. Dann sagte sie noch, daß ich zu weiteren Untersuchungen nach Italien gebracht werden sollte.

«Benimm dich wie eine brave Micky», fügte sie hinzu. «So wie ich es dir beigebracht habe.»

Sie erzählte alles, was man wollte und sogar noch mehr, aber niemand erfuhr je, daß sie sich mit Domenica Loï abgesprochen hatte. Ich wußte warum: Wenn ich davon schwieg, wenn ich Micky war, würde ich eine leichtere Strafe bekommen. Sie war meine Erzieherin. Sie wäre also die Hauptschuldige.

Wenn das Dunkel zurückkommt, tun sich lange Stunden vor mir auf, in denen ich nachdenken kann.

Manchmal bin ich sicher, Michèle Isola zu sein. Ich erfahre, daß ich enterbt bin und Domenica und Jeanne meinen Tod vorbereiten. Zuerst will ich ihre Pläne vereiteln, aber als ich sie dann zusammen vor mir sehe, ändere ich meine Absicht. Ich übernehme ihren Plan, ich bringe Domenica um und trete an ihre Stelle.

Manchmal nehme ich Dos Platz ein wegen der Erbschaft, die eine rachsüchtige Patin mir kurz vor ihrem Ende ungerechterweise verweigert hat. Dann wieder tue ich es, um Jeannes Zärtlichkeit zurückzugewinnen, die ich verloren habe. Einmal will ich mich rächen, einmal will ich neue Leiden schaffen oder alte erneuern, einmal will ich alle Leiden vergessen machen. Schließlich, und hier bin ich wohl am ehrlichsten, sind es alle diese Gründe zusammen: Ich will die bleiben, die erbt und doch gleichzeitig für Jeanne eine andere sein.

Aber nachts gibt es auch Augenblicke, in denen ich wieder Domenica werde. Serge Reppo hat gelogen, Micky wußte nichts. Ich habe sie umgebracht, und weil das Feuer nicht bis zu dem Zimmer drang, habe ich in der Garage ein zweites angezündet. Und so habe ich mich, ohne es zu wissen, zu der gemacht, die eigentlich ein Motiv für den Mord hatte ...

Ob ich nun Domenica bin oder Michèle, im letzten Augenblick lasse ich mich von den Flammen einschließen. Ich stehe in der ersten Etage am Fenster, meine Hände ergreifen das brennende Nachthemd und bedecken damit mein Gesicht. Vor Schmerz beiße ich wohl hinein, denn man findet später verkohlte Stoffreste in meinem Mund. Ich stürze mich aus dem Fenster und falle auf die Stufen vor dem Eingang. Nachbarn laufen herbei. Jeanne beugt sich über mich, und da sie mich zwangsläufig für Do halten muß, erkennt sie Do in meinem geschwärzten Körper, meinem Gesicht ohne Brauen, ohne Wimpern und ohne Haut.

Dann kommt der grelle Lichtstrahl in der Klinik. Ich bin weder Do noch Mi, ich bin eine dritte. Ich habe nichts getan, nichts gewollt; ich will keine der beiden anderen mehr sein. Ich bin einfach ich. Am Ende erkennt der Tod seine Kinder.

Man pflegt mich und verhört mich. Ich spreche so wenig wie möglich. Bei den Vernehmungen, im Gespräch mit meinen Verteidigern und bei den Psychiatern, denen ich jeden Nachmittag ausgeliefert bin, schweige ich oder erinnere mich nicht. Ich antworte auf den Namen Michèle Isola und lasse Jeanne unsere Geschicke lenken, so wie sie es für richtig hält.

Sogar die boshafte Ironie der Patin Midola berührt mich nicht mehr: Das Testament sieht für Micky eine monatliche Rente vor, die eigentlich Do zugestanden hätte. Eine Rente, die genau dem Gehalt der früheren Bankangestellten entspricht.

Micky ... Zweihundert Bürstenstriche täglich. Eine Zigarette anstekken und sofort wieder ausdrücken. Micky, die einschläft wie eine Puppe. Micky, die im Schlaf weint ...

Bin ich Micky? Oder Domenica? Ich weiß es nicht mehr.

Wie, wenn Serge Reppo mich in der Garage belogen hätte – wenn er alles nachträglich erfunden hätte, als er die Zeitungen las und sich an ein Telegramm erinnerte? Wenn er sich das alles ausgedacht hätte: Seine Begegnung mit Micky am Strand, den Abend vor dem Tabakladen in Les Lecques, das Spionieren, das sie ihm vor dem Mord aufgetragen hatte ... Dann bin ich Do, und alles ist so verlaufen, wie Jeanne und ich es geplant hatten. Gabriel hat seine frühere Freundin verloren, die er so hartnäckig rächen wollte, und ich habe mich selbst verloren, indem ich Mickys Stelle einnehme: Nur sie war an einem Mord interessiert.

Domenica oder Micky?

Wenn Serge Reppo nicht gelogen hat, muß Jeanne sich in der Brandnacht geirrt haben. Dann irrt sie sich immer noch und wird bei ihrem Irrtum bleiben. Ich bin Micky, und sie weiß es nicht.

Sie weiß es nicht.

Sie weiß es nicht.

Oder sie hat es vom ersten Augenblick an gewußt, als sie mich ohne Haare, ohne Haut und ohne Gedächtnis fand.

Ich bin wahnsinnig.

Jeanne weiß es.

Jeanne hat es immer gewußt.

Denn alles läßt sich erklären. Seit ich unter dem weißen Licht die Augen geöffnet habe, ist Jeanne *die einzige*, die mich für Do hält. Alle, sogar mein Geliebter und mein Vater, haben mich für Micky gehalten. *Denn ich bin Micky.*

Serge Reppo hat nicht gelogen.

Jeanne und Do haben zusammen beschlossen, mich umzubringen. Ich habe erfahren, was sie vorhatten. Ich habe Do getötet, um selbst Do zu werden, denn ich war durch meine boshafte Patin von der Änderung des Testaments unterrichtet worden.

Und Jeanne hat sich niemals geirrt. Sie hat in der Brandnacht bemerkt, daß ihr Plan mißlungen war.

Sie wußte, daß ich Micky bin, aber sie hat nichts gesagt. Warum?

Einmal habe ich mich in meiner Unterschrift geirrt: Im Hotel, als ich den Anmeldezettel ausfüllte; ich hatte vor dem Brand geübt, mich für Do auszugehen. Aber ich bin niemals Do gewesen, für niemanden, auch nicht für Jeanne.

Warum hat Jeanne nichts gesagt?

Die Tage vergehen.

Ich bin allein. Ich muß allein nachdenken und allein versuchen, zu verstehen.

Wenn ich Micky bin, weiß ich, warum Jeanne versucht hat, mich umzubringen. Ich glaube zu wissen, warum sie mich hinterher denken ließ, ich sei ihre Verbündete. *Das Geld war mir egal ... Ich bitte dich, sei still ...*

Wenn ich Domenica bin, bleibt mir nichts mehr.

Bei meinem Spaziergang im Hof versuche ich, mich in einem Fenster zu spiegeln. Ich friere. Ich friere immer. Micky hat auch immer gefroren. Ich will keine von den beiden sein, aber Micky bin ich am ähnlichsten. Fror Domenica auch immer? Fror sie, als sie neidisch und mißgünstig unter den Fenstern ihres langhaarigen Opfers herumstrich?

Wieder kommt das Dunkel. Die Wärterin schließt hinter mir die Tür einer Zelle, in der drei Phantome hausen. Ich liege im Bett wie an meinem ersten Abend in der Klinik. Ich spreche mir Mut zu. In dieser Nacht kann ich noch sein, wer ich will.

Micky, die man so liebte, daß man sie umbringen wollte? Oder die andere?

Auch wenn ich Domenica bin, werde ich mich damit abfinden. Ich glaube, man wird mich für einen Tag, eine Woche oder länger von hier fortbringen ... Ja, eines habe ich erreicht: Ich werde Italien sehen.

An einem Nachmittag im Januar, vierzehn Tage nach dem Rücktransport von Florenz, fand die Untersuchungsgefangene plötzlich ihr Gedächtnis wieder. Sie wollte gerade ein Glas Wasser trinken. Das Glas fiel zur Erde, zerbrach aber aus einem unerfindlichen Grunde nicht.

Im gleichen Jahr fand vor dem Schwurgericht in Aix en Provence die Verhandlung statt. Im Fall Serge Reppo wurde sie wegen Unzurechnungsfähigkeit im Augenblick der Tat freigesprochen. Wegen Beihilfe zum Mord an Domenica Loï, begangen von Jeanne Murneau, wurde sie zu zehn Jahren Zuchthaus verurteilt.

Die Angeklagte verhielt sich während der Verhandlungen sehr zurückhaltend; fast alle Fragen des Richters ließ sie von ihrer früheren Gouvernante beantworten.

Als sie das Urteil vernahm, wurde sie nur ein wenig blasser und führte ihre weißbehandschuhte Hand an den Mund. Jeanne Murneau, die zu dreißig Jahren Zuchthaus verurteilt worden war, nahm ihr nach alter Gewohnheit den Arm herunter und sagte etwas auf italienisch zu ihr.

Auf den Polizisten, der sie aus dem Saal führte, machte das Mädchen einen sehr ruhigen Eindruck. Sie erriet sofort, daß der Beamte als Soldat in Algerien gewesen war. Sie konnte ihm sagen, welches Eau de Cologne für Männer er gebrauchte. Sie habe früher einmal einen Jungen gekannt, der das Zeug gleichfalls benutzte ... An einem schönen Sommerabend, als sie zusammen im Auto saßen, habe er ihr die Marke genannt, es sei ein rührend-verkitschter Name gewesen, so recht etwas für Soldaten und im Grunde genauso mies wie der Geruch: FALLE FÜR ASCHENBRÖDEL.

Paris, Februar 1962